laGalera

Orzowei

ALBERTO MANZI

Traducció i presentació:
ÀLVAR VALLS

Il·lustracions:
SHULA GOLDMAN

PREMI FIRENZE 1954

PREMI HANS CHRISTIAN ANDERSEN 1956

Primera edició:
novembre de 1983

Sisena impressió:
novembre de 2003

Disseny gràfic de l'interior: clase
Disseny gràfic de la coberta: Cass

Direcció editorial: Xavier Blanch

Títol original italià:
Orzowei

La Galera, SA Editorial
Diputació, 250 - 08007 Barcelona
www.editorial-lagalera.com
lagalera@grec.com
Imprès a Liberdúplex
Constitució, 19 – 08014 Barcelona

Dipòsit legal: B-44.616-2003
Imprès a la UE
ISBN 84-246-8142-8

Presentació

Àlvar Valls

Som al cor de l'Àfrica austral, al primer terç del segle passat, període de lluites sagnants entre les tribus autòctones, entre aquestes tribus i els colonitzadors blancs, i fins i tot entre els blancs mateixos.

Al bell mig de la selva, un xicot de raça blanca creix i es forma entre els habitants d'un poblat negre.

L'anomenen «orzowei», que vol dir «trobat» –perquè va ser trobat, a la selva, poc després d'haver nascut– però en un sentit pejoratiu que, de fet, significa «bastard».

La novel·la que us invitem a llegir és la història d'aquest «orzowei».

Blanc entre els negres, a causa del color de la seva pell és humiliat i escarnit per la tribu que ell considera seva, i, primerament per complir un ritu d'iniciació a l'edat adulta propi d'aquesta tribu, i després perquè el repudien, s'ha de buscar la vida a la selva. A partir d'aquesta situació, lluitarà per la seva supervivència, coneixerà els homes d'una altra tribu i després els homes blancs, i amb tots plegats assistirà i prendrà part a les cruentes lluites d'aquell agitat territori.

Orzowei, obra de l'escriptor, pedagog i antropòleg italià Alberto Manzi, és la història d'un marginat. Centrada en un marc històric sense que sigui una «novel·la històrica», i animada amb una successió d'aventures que no la fan ser tampoc una simple «novel·la d'aventures», presenta un entreteixit de personatges i de situacions que constitueixen, en conjunt, una reflexió sobre les relacions humanes, sobre la convivència dels homes i dels pobles.

Una reflexió que té com a eix fonamental la denúncia radical de les incomprensions humanes, que no generen sinó l'odi i la guerra; denúncia que esdevé, de retruc, un cant enfervorit en pro de la fraternitat, de l'amor mutu, de la pau.

La ploma d'Alberto Manzi –autor del qual la nostra col·lecció ja té publicada una altra obra, *«El Loco». Història d'una revolta,* que constitueix igualment la història d'un marginat en un marc d'injustícia social– és una ploma àgil i incitant que, en un estil peculiar, directe, punyent, exquisit, s'expressa amb valentia, dient les coses pel seu nom. Així, ens descriu amb tota la seva cruesa la lluita per la supervivència a la selva, on el valor de la vida és ben poca cosa i on l'home sol, com un animal més, ha de matar per menjar si no vol morir menjat. Després, de mica en mica, ens va fent veure com aquesta llei de la selva es reprodueix amb la mateixa escruixidora violència entre els homes i entre les comunitats humanes, que també maten i moren per sobreviure; però la lluita dels homes ja no és per la simple supervivència física –la de menjar o ser menjat– sinó que té l'origen en altres motius –l'arrogància, la supèrbia, l'odi, la venjança, el racisme, la cobdícia, l'afany de poder– que la fan una lluita baixa i vergonyant.

D'aquesta manera, més enllà de la vida atzarosa de l'«orzowei» i de les aventures que l'uneixen als seus amics i l'enfronten amb els seus enemics, es fa present un rerefons, és a dir, uns pensaments i unes inquietuds que l'autor vol comunicar al lector. Cada u de vosaltres, avisats lectors, fara bé d'interpretar i valorar aquest rerefons a la seva manera; però permeteu-nos que, a més a més de dir-vos que el rerefons hi és, us apuntem algunes de les línies principals que, al nostre entendre, hi trobem, i que són: la crueltat natural de la llei de la selva; la recerca dramàtica, per part del protagonista, de la seva pròpia identitat, que li és negada pels uns i pels altres; el dret a ser diferent, físicament (l'«orzowei», el seu company coix) o culturalment (els diferents pobles i races); la no-superioritat d'uns homes o d'uns pobles sobre uns altres; el valor de l'amistat, de la lleialtat, de la companyia humana; la idea d'un ésser suprem com a explicació de l'origen i del més enllà de la vida; la irracionalitat i la injustícia dels odis racials; l'horror i l'estupidesa de la guerra... Fixeu-vos si n'hem trobat, d'idees que l'autor ens invita a considerar.

I més encara n'anireu trobant. *Orzowei* és una d'aquelles novel·les que es llegeixen amb passió i que, en acabat, deixen un pòsit, una mena d'ombra misteriosa que es projecta sobre les nostres consciències i que ens fa pensar, ens fa somiar que ens convertim en un dels protagonistes i hi participem, no tant per les aventures en si mateixes com per ajudar a reparar tanta lluita, tanta sang, tant dolor; i que, en la impossibilitat que el somni s'acompleixi, ens encoratja a lluitar, a partir del nostre avui i de la nostra vida concreta, per fer un món millor.

Això és el que pretén Alberto Manzi amb la seva novel·la; és el que ens vol dir, en definitiva, quan, a l'acabament del llibre, en una escena ja deslligada de la trama de la novel·la —una escena ideal i vaporosa que sembla venir d'un futur encara no assolit— ens presenta individus de diferents races convivint dins una mateixa casa, una casa que és «temple del seu amor». Un temple que no s'ha arribat a construir en un món on encara és massa vigent la llei de la selva; en un món, on l'home, cada home i l'Home en general, encara és massa com un «orzowei», un salvatge en lluita per la seva supervivència, en cerca de la seva identitat.

Orzowei va ser escrita als anys 1954-55 durant un sojorn d'Alberto Manzi entre els indis jívaros de l'Amazònia. No sembla agosarat de pensar que la convivència amb el poble jívaro l'inspirés, si més no en part, el rerefons de la novel·la i que, per refermar el seu al·legat contra els odis racials, situés l'acció a les selves de l'Àfrica austral, un territori on avui encara és vigent, per a vergonya de la humanitat, la segregació racial, és a dir, la divisió dels homes entre superiors i inferiors segons el color de la seva pell.

No és casualitat que l'any 1967, uns quants anys després d'haver publicat *Orzowei,* quan Manzi, viatger incansable, va intentar d'anar per primera vegada a la República de Sud-àfrica, el govern d'aquell país —un govern de blancs que per llei priva dels drets de ciutadania els indígenes i els manté confinats a la selva— el considerés una persona no grata i li denegués el visat d'entrada.

I no serà tampoc casualitat si sentiu en el vostre interior que el clam de l'«orzowei», quan demana als uns i als altres que es comprenguin, va molt més enllà de la situació novel·lesca concreta, i de les selves de Sud-àfrica del segle passat o dels nostres dies; si sentiu que va molt més enllà per abastar tota la humanitat.

Una humanitat que, per no haver aconseguit la comprensió, ha arribat al punt d'estar, avui mateix, amenaçada de destrucció total per la màquina sinistra de la guerra.

Orzowei va ser publicada el 1956 i va obtenir importants premis a

Itàlia i fora d'Itàlia. Ha esta traduïda a més de vint llengües, i fa uns quants anys se'n va fer una versió televisiva per capítols que els lectors que no siguin de la fornada més jove potser encara recordaran.

I ara llegiu. Situeu-vos al cor de l'Àfrica austral, al primer terç del segle passat, al si d'un poblat dels swazi, un dels pobles, de raça negra, de la gran família bantu...

Manca un pont entre els cors...
Si aquest pont existia, els homes bescan·
viarien els secrets, els pensaments alegres,
el somriure i el perdó...
...minyó, edifica amb les teves mans, sense
obstacles, aquest pont d'or.

EMILIA ALBORET

I

—Aell! Agafeu·lo! Agafeu·lo!...

En el bullit de l'empaitada van trabucar una tupina i Amebais, la vella borratxona, va sortir de la cabanya bramulant malediccions contra aquells dimonis que ho tombaven tot.

—No em deixareu tranquil·la, no! Si us agafo us faré fuetejar a tots! —grunyí en direcció al grup de nois que corrien cap a la selva.

Però aquests no li'n feien cas.

En part perquè Amebais sempre havia estat una ximpleta rondinaire, però, sobretot, perquè tenien entre mans una bona caça.

La peça cobejada era Isa, el xicot que Amûnai havia dut de la selva.

Amûnai, el Ring·kop (és a dir: el gran guerrer), l'havia trobat feia nou o deu anys, embolicat amb uns bolquers vermells dins una canastra penjada d'una branca. Havia estat deixada de manera que ni les serps ni les feres no la podien abastar.

Havia agafat el nen i se l'havia endut al poblat.

La vella Amebais havia hagut de fer·li de mare, però va complir aquesta tasca fins que el minyó no va estar en disposició de trobar·se alguna cosa de menjar entre les deixalles del poblat. La seva garreperia no li permetia altra cosa.

Mentre Amûnai va ser el cap dels guerrers, Isa –aquest era el nom que li havien posat–, Isa, doncs, va tenir de què menjar i va ser tractat amb respecte.

Però tan bon punt el Ring·kop va perdre el comandament, Isa va haver d'espavilar·se per viure.

Era tractat així per un sol motiu: perquè era un blanc, si és que es podia considerar blanca aquella pell colrada pel sol i pel vent.

Isa era ara en el seu onzè any de vida, edat en què els nostres minyons només són capaços de portar la cartera a escola i d'aprendre's unes quantes lliçons de memòria.

Però per a Isa la vida havia estat dura; i si bé no sabia llegir ni escriure, sí que sabia tot d'altres coses que li permetien de viure, bé que amb prou feines, entre el menyspreu del poblat i la «gran senyora»: la selva.

A més a més, Isa era escarnit i agredit pels altres xicots. I s'havia de defensar de la seva crueltat, que sovint arribava a la sang, fins que no el salvava algun home del poblat. Només llavors la quadrilla el deixava tolit i ensangonat a terra.

O bé fugia, si podia.

I mentre els altres el cercaven, ell restava quiet, aclofat sota una mata, respirant a penes.

Per això Isa era un rebel.

Només el fuet li feia por. Però també s'hi havia acostumat.

—A ell, a ell! Agafeu-lo! Agafeu-lo!...

Els xicots l'estaven empaitant.

Quin joc millor, per a futurs caçadors, que empaitar una presa viva?

Isa corria enllà per l'esquerp terreny.

Els duia un bon avantatge. Les llargues empaitades l'havien fet ràpid i astut. Si hagués volgut, hauria deixat molt enrere els seus perseguidors, per refugiar-se després tranquil·lament dalt d'algun arbre i allà jugar a tirar fruits i branques seques a les mones.

Però no volia fer-ho.

Tot al contrari, va afluixar la cursa.

Davant de tots venia Mései, el nebot del bruixot. Aquell Mései que des de feia anys el turmentava; aquell Mései que l'escarnia sempre. Sobretot d'ençà que ja no era considerat Um-fan, un minyó portador, sinó un aspirant a guerrer.

Aviat faria la seva «prova», i si reeixia tindria la seva atzagaia i el seu tucul, és a dir, la seva llança i la seva cabanya.

Isa, en canvi, havia estat exclòs també dels Um-fan.

No podia acompanyar el poblat a la guerra o a caçar ni tan sols com a portador.

Ell era un «orzowei», un xacal d'home, un no ningú.

Era blanc.

Va afluixar. Els altres cridaren, segurs de l'èxit de la caça. Però ell va somriure; volia cansar-los, fer-los caure l'un darrere l'altre amb la llengua un pam enfora.

Mései era ja a poques passes.

—Quedes pres! —cridà—. Quedes pres! T'estacarem, avui!

Braolaven de joia.

De sobte, Isa va sentir que el terreny cedia sota els seus

peus; tentinejà, caigué. Mései, amb un parell de salts, se li va tirar al damunt i li va clavar els genolls a l'esquena.

—Quedes pres! —panteixà—. Ara belluga't!

Isa es retorcia, però l'adversari era fort: menjava cada dia, ell.

Els altres havien arribat, i a un senyal de Mései es van posar tots en cercle.

—Avui és la meva presa! M'hi vull divertir jo. Aixeca't, «orzowei»!

A poc a poc, Isa es va alçar.

D'una revolada, Mései l'empentejà i el va fer rodolar altra vegada per terra.

Un cor de rialles saludà la rebolcada.

—Vinga, aixeca't —cridà rient Mései.

Isa es devia haver copejat amb algun roc.

Sentia un fort dolor a l'esquena.

Es va aixecar a poc a poc, però l'adversari va anar llest a pegar-li amb un puny. Tentinejà; però tanmateix, en ser colpit novament, va aconseguir d'aferrar-lo. S'abraonaren rodolant per terra.

I quan un dels dos aconseguia posar l'altre d'esquena a terra, li pegava, amb els punys tancats, als ulls, al nas, pertot arreu.

Quan Isa va aconseguir romandre una estona sobre Mései, algú, agafant sorra, la hi va tirar als ulls.

Abandonà la presa i Mései aprofità l'ocasió.

Amb una pedra el va copejar repetidament, fins que el va veure sense coneixement, mentre un rierol de sang brollava de les ferides.

Aleshores tots van fugir.

Fins tard de la nit Isa no va tornar al poblat.

La lluna ja era alta en el cel i il·luminava les cabanyes, a les quals donava un aspecte de faula.

El xicot es va anar arrossegant fins al tucul del vell Amûnai.

—Sóc jo —murmurà.

—Entra. Què t'ha passat?

—El puny de Mései m'ha fet mal —respongué—. Dins el puny hi tenia una pedra. Ara el cap em fa molt de mal.

—Deixa-m'ho veure.

El vell es va alçar del jaç i va revifar el llum. Tot seguit es mirà la ferida.

—Un bon cop. Has pogut morir. Qui t'ha ajudat?

—Ningú. He estat sense coneixement fins que el fred m'ha despertat. I he vingut cap aquí.

—Has perdut molta sang.

Li va embenar la ferida després d'haver-la-hi curada amb un decuit d'herbes.

—Demà serà tancada, si els esperits del mal no et vénen a trobar. Dorm, ara.

—Ei, brivall, aixeca't!

Una mà aspra va sacsejar bruscament Isa.

—Què passa? —demanà, asseient-se sobre el jaç.

—El Consell és a la Casa Gran. T'esperen.

—A mi?

—Sí, a tu. L'«orzowei», han dit. Ets tu, oi? —L'home rigué i tot seguit va sortir.

La fulla de l'atzagaia, la llarga llança africana, va reflectir un raig de sol damunt el minyó.

Poc després Isa corria cap a la Casa Gran.

Era una cabanya de grans proporcions on cabien amb comoditat una seixantena de persones.

Isa no hi havia estat mai; com els altres minyons del poblat.

La Casa Gran era tabú, és a dir, prohibida, per als infants i per a les dones.

Només els guerrers podien travessar-ne el llindar.

Davant de l'entrada Isa es va aturar. Tremolava.

Si havia estat cridat, senyal que alguna decisió important havia pres el Consell respecte a ell.

El dia abans no havia fet res dolent; n'estava segur.

Havia estat al camp d'Uf-nain, però no havia robat blat de moro. Ah, vet aquí! la lluita. Sí, havia etzibat uns quants cops, ho recordava bé; però qui havia rebut més havia estat ell. Encara duia el cap embenat. De tota manera, el Consell mai no s'havia interessat per les renyines dels joves.

Bé, el millor que podia fer era entrar.

Va apartar la pell de búfal i va quedar immòbil. Al centre de la gran cabanya, tota guarnida de pells i de trofeus de caça, hi havia el bruixot del poblat revestit amb els ornaments sagrats.

Una màscara grotesca i d'aspecte terrible li cobria el rostre.

Asseguts en cercle sobre pells de búfal, hi havia tots els guerrers i els diversos Ring-kop amb el cèrcol de plomes adornant-los el cap.

Els vells, els audaços «llops», els millors entre tots els guerrers, estaven asseguts al fons de la cabanya. Entremig d'ells hi havia el Gran Cap.

Una pell de tigre estriada li baixava des de les espatlles fins als malucs. Un cèrcol d'or, sobre el qual tremolejaven tot de plomes d'estruç, li coronava el cap.

Estesos als seus peus tenia la llarga llança i l'escut.

El bruixot es va acostar al minyó dansant i udolant.

Isa no es va moure. Malgrat el seu aspecte terrible, ell sabia perfectament que sota la màscara s'amagava Ao-sam, un

vell tremoladís que un dia havia tingut por del petit xixà, el porc espí.

Ningú no ho sabia, això, però Isa ho havia vist i des d'aquell dia havia perdut tota la consideració i el respecte envers el bruixot.

Va dansar al voltant seu durant deu minuts. Després, aturant-se al seu davant, el va tocar amb el bastó sagrat i va tornar al seu lloc.

Aleshores el Gran Cap s'aixecà.

Dins la cabanya es va fer el silenci.

—Vine cap aquí —ordenà.

Isa va avançar lentament fins que el seu pit va tocar la punta de la llança que el Gran Cap dirigia cap a ell.

—Mohamed Isa, que aquest és el teu nom —digué—. El Consell ha decidit. Passaràs la gran prova. El vell Ring-kop que et va trobar a la selva ha parlat en favor teu. Partiràs aquesta nit. I fins que el tint blanc que cobrirà el teu cos no haurà desaparegut, el poblat serà tabú per a tu. Els caçadors et seguiran, et donaran caça. No t'has de deixar agafar. Si ho aconsegueixes, tindràs un lloc entre els guerrers. I tindràs la teva atzagaia i el teu tucul.

—Jo torno a dir —cridà Unguaixi, un dels guerrers més forts— que no ha de fer la prova. L'«orzowei» no és del nostre poblat.

—Tant se val —l'interrompé un altre, amb un somrís maligne—. Igualment morirà.

—Serà així. Però encara que se'n sortís —prosseguí Unguaixi—, no ha de ser admès com a guerrer. No oblideu que és un «orzowei», un trobat.

—Jo he parlat —l'interrompé el Gran Cap— i he decidit. Isa farà la prova. Si la supera, serà un guerrer del nostre poblat.

Ningú no va replicar.

Es van posar drets en silenci, mentre el bruixot invocava

alguna cosa. Un cant trist, solemne, s'aixecà dintre la cabanya; de mica en mica va anar creixent d'intensitat fins a esdevenir un cor vigorós.

Era el cant de la caça; el cant de la victòria de l'home sobre la jungla.

Isa romangué tota l'estona immòbil al centre de la cabanya. Encara no es creia tot el que li estava passant.

Era, aquell, el moment que tant havia anhelat, que tant havia temut que no arribés mai per a ell.

Se li presentava l'ocasió de mostrar la seva força, la seva habilitat. Se li oferia, sobretot, el reconeixement de ser un del poblat, de no ser més un «trobat».

Quant el cant es va acabar, el Gran Cap li va lliurar l'escut i l'assegai, un petit dard de fusta dura que seria l'única arma que tindria durant tot el temps de la gran prova.

—Partiràs aquesta nit, quan la lluna haurà assolit el cim de l'arbre sagrat. Bona çaca!

El Cap va sortir, i darrere d'ell ho feren molts altres guerrers.

Però la cerimònia encara no havia acabat.

El bruixot va aixafar les arrels que els homes li havien portat; hi va tirar al damunt copra i un líquid resinós, i ho va posar tot a bullir dins una gran tupina.

Mentrestant, pronunciant estranyes paraules, anava tirant pólvores d'encens per sobre de la barreja.

Més tard, Isa, despullat, fou immergit dins la gran tupina. En va sortir amb tot el cos tenyit de blanc, d'un blanc de vori.

Sabia que el tint no desapareixeria aviat i que ni l'aigua ni el sol no l'hi esborrarien.

Era la gran prova.

Tothom havia de superar-la. Era la llei.

Quan un xicot ja tenia prou edat per ser admès com a

guerrer, l'agafaven i el despullaven, el tenyien i el deixaven a la selva. Qualsevol que el veiés podia donar·li caça i matar·lo.

Ningú no podia ajudar·lo, sota pena de mort.

Havia de viure sol, fins que el temps no hagués esborrat el blanc vernís; si aconseguia tornar, seria anomenat guerrer.

Si no tornava, el poblat consideraria que havia perdut un minyó que mai no hauria estat un bon caçador; i ningú no ploraria.

Isa va somriure quan el bruixot el va fer agenollar davant seu per beneir·lo.

Era feliç com mai no ho havia estat.

A fora, tots els minyons el miraren en silenci, envejant·lo.

—T'hi faràs la pell —mussità Mései—. La selva et matarà i els voltors s'alimentaran del teu cos impur!

Isa no es va dignar ni a mirar·lo.

Se'n va anar a saludar tota la gent del poblat a les seves cabanyes, tal com manava la llei.

Però només la vella Amebais li va estrènyer la mà.

El pare de Mései el va fitar amb una estranya llum als ulls, i després li va dir:

—Has pres el lloc del meu fill. Li tocava a ell de fer la gran prova. Això és un afront que ens humilia davant el poblat. Però vigila, «orzowei». El color blanc, entre el verd de la selva, es veu de seguida. I tots els caçadors tenen dret a matar·te.

Isa, per tota resposta, va somriure.

Es va estirar al peu de l'arbre sagrat, que es dreçava solitari a prop del poblat, i va esperar la nit.

No aconseguí dormir.

Amb els ulls mig clucs observà com el sol feia el seu camí; la mica de crepuscle; la nit.

Quan la lluna va començar a argentar les negres cabelleres dels arbres, un home se li va acostar.

—Arriba l'hora, fill meu.

—Ja ho sé, Amûnai.

S'esguardaren sense parlar. Després Isa va dir:

—T'agraeixo que hagis vingut.

—Sé —murmurà el vell Ring-kop— que no t'he criat com un fill; no he fet mai res que et pogués ajudar.

—Em vas salvar la vida.

—Sí, quan eres petit. Però després t'he fet viure pitjor que cap dels gossos del poblat.

—No hi fa res, Amûnai.

—He vingut a saludar-te. I recorda: el blanc ressalta, i el teu tint és nou. Hi ha qui fruiria punxant-te amb la seva llança. Sigues prudent! El sol t'és enemic, recorda-ho. Mou-te només quan les ombres ho amaguin tot. Sigues ardit com el cabirol i audaç com el lleopard. Que tinguis sort en la caça, fill meu!

—Gràcies, pare.

El vell guerrer va estossegar. Intentava amagar la seva torbació.

—Torna aviat al poblat. T'esperaré aquí, la primera nit de lluna nova. I... no em facis esperar en va!

—No et faré esperar.

Van restar silenciosos l'un al costat de l'altre fins que els va semblar que el cimal de l'arbre sagrat, onejant al vent, era tocat per la lluna.

Aleshores Isa es va aixecar. Va recollir l'escut i l'assegai, va saludar amb un gest el Ring-kop i es va allunyar selva endins.

En aquell mateix moment va redoblar el tambor.

De primer amb un ritme lent; després els cops es van fer més i més freqüents, eixordadors.

Era el senyal de la caça de l'home.

L'inici d'una llarga batuda rere les empremtes d'un minyó tenyit de blanc.

II

Avançava al trot lleuger, infatigable, que havia après a còpia d'observar les gaseles els llargs dies d'estiu quan, portant els búfals a pasturar, els abandonava per endinsar-se a la selva.

Un trot que no cansava i que sovint l'havia salvat de ser atrapat pels companys.

Aquells jocs, aquelles empaitades, l'havien ensinistrat; per experiència sabia que era millor posar molta distància entre ell i els qui el seguien.

L'eco del tam-tam ressonava a tot l'entorn.

Durant moltes milles el sentiria, i, com ell, el sentirien tots els caçadors que li seguien el rastre; i els poblats de l'altra banda del riu.

Tota la gran tribu dels swazi se n'assabentaria; i els exploradors el cercarien.

S'aturà en l'espessetat d'un matollar.

No gaire lluny, l'udol de caça del lleó havia despertat la selva.

Havia d'abandonar el camí. No era prudent seguir-lo.

La pluja del dia abans havia deixat el terreny mullat i hi quedaven marcades, nítidament, les seves empremtes.

Va córrer per tot l'entorn fins a confondre les petjades; després s'estirà prop d'unes mates.

Era inútil anar així, a la ventura.

A l'altra banda del riu, al cor de la selva, en una gran clariana, hi havia les restes d'un gran poblat, vell com el món, amb les cabanyes de pedra.

Li ho havia explicat Amûnai. I quan li parlava de la «ciutat morta», feia tots els conjurs possibles, perquè el lloc, deia, era habitat pels esperits del mal.

Si volia escapar dels caçadors, havia d'arribar a aquell lloc. Allà, ningú no l'hi cercaria. Era cosa de tres o quatre dies, coneixent el camí.

Amb la rapidesa d'una guineu es va enfilar dalt d'un arbre. D'allà estant, encamellat a la branca més alta, observava el cel.

El gran estel era a la seva dreta.

L'havia de tenir sempre a la dreta, si volia arribar a la ciutat morta.

Es disposava a baixar quan un lleuger remoreig el va fer restar immòbil, amb el cor en un puny.

Un cruixit; una branca trencada.

Aguantant-se la respiració, va esmolar la vista. Entre la frondositat dels arbres podia veure el sender.

Es va esmunyir una mica més avall i va esperar. Cap remor estranya a la vida de la selva.

El lleopard estava caçant a una milla lluny. Una mica abans, el seu crit desesperat d'animal famolenc que no trobava aliment havia ressonat per la jungla i havia glaçat la sang de les venes del minyó.

Un cabirol havia travessat rabent el camí, i, al darrere mateix, un simi l'escridassava amb despit. Lluny, se sentia riure un grup de hienes. Un riure burleta, cruel.

Després Isa va sentir un soroll que no aconseguí identificar.

Semblava com si algú es bufetegés lleugerament.

Va esperar. I tot d'una comparegueren Sem-huixi i dos joves guerrers del poblat.

—Ha passat per aquí. Les empremtes són ben nítides —deia Sem.

—Una vaca i tres ovelles per a cadascú si aconseguim agafar-lo. Serà un joc!

Caminaven satisfets, quan Sem-huixi va fer un senyal.

Els altres dos se li van acostar i es van ajupir a observar el terreny.

Començaren a discutir.

—Deu ser per aquí als voltants —va dir Sem.

—Què us hi jugueu que està dormint aquí a prop?...

—Sí, les empremtes es confonen... Mira! —digué un dels joves.

Era aquest darrer qui feia aquell estrany soroll. La petita daga que duia lligada a la cintura li picava, a cada pas que feia, a la cuixa.

—Escolteu —digué Sem-huixi—. Jo continuaré camí enllà. Tu —i s'adreçà a l'home de la daga— escorcolla aquests matolls, mentre Soliman cercarà un tros més enllà. D'acord?

—Molt bé —respongué Soliman—. Som-hi!

Havien fet pocs passos quan Sem-huixi cridà:

—Eh, Mur! La daga et pica a la cuixa i fa soroll!

Mur la va fermar bé i el soroll es va deixar de sentir.

Cadascú va agafar el seu camí i es van separar.

Isa va esperar uns moments, i després es va deixar lliscar lentament pel tronc.

La caça havia començat.

Si volia tornar un dia al poblat havia d'obrir bé els ulls i les orelles.

En comptes de prosseguir, va tornar sobre els seus passos.

I quan va veure, encara llunyanes, les fogueres de la tribu, va grimpar a un arbre i, encamellat sobre l'entreforc, es va adormir.

Les primeres dues setmanes van ser terribles per a Isa. El petit dard no anava bé per caçar a distància. S'havia d'arrossegar fins al costat de l'animal si volia colpir-lo; però moltes vegades aquest notava a temps la seva presència i fugia esverat.

Així, s'havia d'acontentar rosegant alguna arrel o mastegant un manat d'herba. Però fins aquest aliment calia saber-lo trobar.

El primer dia havia menjat una planteta saborosa al primer moment; després li havien sobrevingut uns grans dolors i havia cregut que els esperits del mal el volien castigar per totes les vegades que s'havia burlat d'ells.

D'aquesta manera va aprendre a conèixer quines plantes eren bones i quines eren verinoses.

També per heure la fruita va haver d'exercitar-se, i esgarrinxar-se totes les parts del cos, abans d'aprendre a moure's amb agilitat entre les branques per assolir aquelles més primes que contenien els fruits més saborosos.

Unes quantes tombarelles en el buit, per fortuna sense greus conseqüències, li van ensenyar a distingir una branca bona d'una de podrida, i les mones li feien de mestres mostrant·li com podia saltar d'una branca a l'altra sense estavellar-se el cap a terra.

Però la cosa més difícil va ser encendre foc.

No tenia cap pedra foguera i, recordant el que havia vist fer sovint al poblat, va provar d'encendre'n fregant dos troncs. Aquells dies es va penedir amargament de no haver observat bé com funcionava la cosa.

Els dos troncs s'escalfaven, el front li perlejava de suor, els braços se li adolorien, i el foc no s'encenia.

Aleshores invocava tots els déus, i els esperits bons i els malignes. Després els imprecava tots alhora. Però del foc, ni rastre.

—Oh, déu del llamp! —cridava—. Enfuria't contra aquest indigne servidor i envia·li els teus dards flamejants!

Però la pregària era en va.

Potser perquè el déu invocat sabia prou bé que els seus dards serien com una benedicció per a aquell brivall insolent que tant s'escarrassava, ara, a implorar ajut.

Un dia ho va aconseguir; i aleshores va sorgir un segon problema.

Tot just havia encès el seu primer foc, que a poca distància ressonà un corn.

Algú, havent descobert el fum, es dirigia cap a ell.

La modulació del so havia fet comprendre a Isa que un caçador creia haver trobat companys seus.

Va fugir. Així, del primer fruit de tantes fatigues, no va poder ni tan sols fruir·ne.

A partir d'aleshores va triar amb cura la llenya per fer foc, a fi que el fum no denunciés la seva presència.

Va observar com el lleó sotjava els antílops; com rastrejava el sòl, com atacava d'improvís. I ho va provar.

Repetia tots els moviments del felí: els seus bots, el rastreig silenciós, els seus llargs salts.

Foren dies durs, d'exercici continu.

Finalment va matar el seu primer cabirol.

Mai no havia pensat que escorxar un animal fos tan fatigós i tan difícil.

Els dies que van seguir li van ensenyar a fer·ho més de pressa i amb més traça.

Mentrestant, amb un llarg tomb per la selva, Isa havia arribat a un riu que la travessava.

A l'altra banda del riu, a dos o tres dies de marxa, hi havia la ciutat morta. Allà construiria la seva cabanya.

S'hi submergí.

Amb lentes braçades va arribar al centre del riu, i el va remuntar en un bon tros.

El riu discorria plàcid, majestuós, per l'ample llit.

Ací i allà, al llarg de les ribes cobertes per una espessa vegetació, algun arbre s'encorbava sobre l'aigua i la llepava amb el seu tofut brancam.

Després, el xicot es va deixar anar amb el corrent fins que va veure sobresortir, al bell mig del riu, una roca blanca. L'aigua borbollejava, escumosa, tot al seu voltant.

Va grimpar fins dalt del penyal i abans d'ajeure's sobre el cim pelat, va mirar·se el cos. La tintura blanquinosa no oferia ni el més petit senyal d'atenuar·se.

Es va estirar al sol. Sota l'agradable brisa (el període de calor forta no havia arribat encara), va mig cloure els ulls i va pensar en el poblat, en el vell Ring-kop, en el Gran Cap.

Va reveure l'arbre sagrat, els camps conreats, les ramades de búfals pasturant; i llavors el va prendre un lleuger sentiment de nostàlgia.

Si bé era cert que aquell no era el seu poblat, com tothom deia, si bé era cert que aquella gent no era la seva gent, com tothom assegurava, ell hi havia viscut i havia sofert, amb ells havia fruït, i plorat, i estimat. I doncs, per què no eren el seu poblat i la seva gent?

Que no era com els altres, ell? Que no feia el que els altres feien? Que no vivia com ells vivien?

«És la teva pell, el teu rostre», deien.

Què hi podia fer, ell, si era una miqueta més clar de pell?

Quantes vegades no s'havia exposat completament nu, durant moltíssima estona, al sol de ple estiu, per fer que la seva pell esdevingués més fosca, semblant a la dels seus companys!

Tanmateix era víctima d'algun encanteri.

La seva pell no volia tornar-se brillant, d'aquell bell color d'eben que era l'orgull de la gent del poblat.

Però quina mena de pensaments eren, aquests?

Va badallar, mentre s'estirava.

Ell era un swazi. Estava fent la gran prova. Això era un senyal de reconeixement de la seva pertinença a la tribu. Podia estar tranquil.

Es va aixecar.

Va romandre dret, immòbil, com si fos part de la roca. La seva prima figura es destacava netament sobre el verd ombriu de la selva.

Després, amb lentes braçades, se'n tornà a la riba.

Es va despertar al capvespre.

El bany i el repòs li havien obert la gana. Es va dirigir cap al riu i, escrutant bé la riba, va cercar l'indret on s'abeuraven els animals salvatges.

El va trobar mitja milla més enllà.

La selva s'obria en una gran clariana i, entre l'herba alta, va descobrir el camí de la set.

Aquí, al cap de poc, arribarien els veloços antílops, i els búfals salvatges, i les tímides gaseles per sadollar-se. El terreny mostrava clarament les petjades que havien deixat les vegades anteriors.

Tocant al riu s'alçava un baobab gegantí. Isa, amb l'assegai a punt, s'hi va amagar entre les branques més baixes.

La lluna ja havia sortit. Semblava jugar amb els cimals altíssims dels arbres. Tan aviat s'hi amagava al darrere com deixava veure la seva cara riallera.

Un trepig suau va cridar l'atenció del noi. Sota seu, un gran nyu, de cos robust i musculat, alt com un ase, avançava amb cautela.

Aixecava lentament, amb gràcia, les fràgils potes semblants a les d'un cérvol, mentre allargava cap endavant el morro molsut de bou, amb el nas preparat per sentir la més petita flaire.

A una dotzena de passes, en fila índia, seguint les petjades del primer, venia la resta de la ramada.

El nyu va arribar al riu; es va plantar amb les potes del davant dintre l'aigua, va ullar amb atenció cada una de les mates de l'entorn, i després va beure a grans glopades.

Els seus congèneres esperaven en silenci.

Isa no es va moure.

Si hagués tingut un arc i fletxes, el seu menjar hauria quedat assegurat; però amb aquell estri tan menut...

Va esperar. Entre el ramat, de prop d'una seixantena d'animals, havia vist que hi havia cries.

Les veia saltironant d'ací d'allà, cridats sovint a l'ordre, amb lleugers cops de cap, per les mares. Provaria amb una d'aquelles. Les grosses banyes dels adults li feien un cert respecte.

El cap del ramat va dreçar la testa i es va fer enrere. Aleshores, cinc o sis cada vegada, els nyus es van acostar al riu. Els altres pasturaven silenciosos a l'herba.

Només el cap, dret en una lleugera elevació del terreny, sotjava atentament en totes direccions.

Quan els petits van haver begut, es van posar a joguinejar endavant i endarrere topant entre ells, entrant a l'aigua i esquitxant-ho tot.

Quan el cap es va moure, tots es van posar en fila darrere d'ell.

Per a Isa era el moment d'obrar. Es va esmunyir tronc avall i amb cautela es va acostar al primer cadell que saltironava allà a prop. Quan hi fou a menys d'un pas de distància, se li va tirar a sobre cridant. El ramat va fugir esverat. El menut, esglaiat, es va deixar colpir fàcilment. S'ajocà a terra tot emetent un bel llarg i planyívol.

Però la mare, ja distant, no el va sentir.

Isa va traslladar la jove presa lluny del camí de la set; en va tallar un gran quarter i el va rostir.

Durant uns quants dies Isa va romandre en aquell lloc.

El menjar era abundant, la caça no era perillosa i el riu era allà, disposat a confortar-lo amb les seves aigües fresques i murmuradisses.

Tenia cura de no rondar mai, durant el dia, pels voltants del camí de la set, per no deixar rastres i no intimidar així els animals salvatges que acudien al riu.

També aquell vespre s'havia arrupit sota una branca baixa, esperant.

Una mica abans havia sentit, no gaire llunyà, el rugit rogallós de la gran pantera i el seu esgratinyar sobre un tronc. El lleopard es preparava per a la caça. Aquella era la seva manera d'esmolar-se les urpes.

Isa dubtava; la proximitat de la gran lluitadora era un perill. Potser convenia deixar córrer la caça, aquell vespre.

Però els simis van reprendre la cridòria i un antílop s'acostava tranquil·lament. Senyal que el lleopard s'havia allunyat.

Un vell búfal solitari, amb mig cos submergit al riu, bevia a grans glopades, aixecant de tant en tant el cap per escoltar.

Alguna cosa l'inquietava, perquè per dues vegades es va retirar de l'aigua.

Al voltant, tot era silenci. Només algun papagai esgaripava a les branques més altes.

El búfal era molt vell; podia intentar escometre'l. Quan l'animal passaria sota la branca on era ell, li llançaria l'esmolat dardell.

Si el cop era precís saltaria sobre la gropa de la bèstia fins que aquesta caigués dessagnada.

De cop i volta el búfal va dreçar la llarga cua i va fer un mugit, i amb un salt va sortir del riu.

El minyó va esperar el moment oportú, va tirar l'assegai i va saltar a la gropa de l'animal, que es va encabritar, decantant-se violentament mentre mugia pel dolor.

L'assegai li havia penetrat prop de la base de la banya esquerra i un borboll de sang li sortia de la ferida.

Isa s'aguantava ben ferm; als bots i a les estrebades semblants s'hi havia habituat al poblat, quan duia els búfals a pasturar i els muntava.

Però vet aquí que, de sobte, amb la rapidesa d'un bòlid, una massa lleonada s'abraonà sobre ell i el búfal.

El xicot va caure abatut a terra. No es va moure.

Qui li havia robat la presa era la gran pantera, que s'havia llançat, amb un salt formidable, des d'unes mates que es trobaven a unes deu passes del camí.

Amagada entre les maleses, havia esperat pacientment. El búfal, embogit pel dolor, no l'havia flairada. I ara lluitava contra la ferotge enemiga que, aferrant-se-li, cercava de trobar-li la gran vena i destrossar-la.

De cop i volta, amb una estrebada improvisa, el búfal va poder tombar el lleopard i el va ferir amb les seves poderoses banyes.

La pantera va esquivar en part el cop i al seu torn es va llançar sobre el cap de la víctima i el va esqueixar amb les formidables urpes.

El búfal va espernegar, va mugir; va intentar aixafar l'enemic contra terra.

Estava a punt de caure exhaust quan el lleopard, contorcent·se tot, va abandonar la presa bo i deixant anar uns rugits roncs i terrorífics.

L'assegai li havia penetrat a la gola i la hi havia ferit. El búfal, en veure l'enemic a terra, va tornar a carregar, amb un udol corglaçador.

El lleopard tot d'una es va dreçar, va atacar, va urpejar, i el búfal es va estremir agonitzant.

Només ara Isa es va moure.

Va veure com la gran pantera abandonava la presa que encara palpitava i com se n'anava cap al riu.

La va observar atentament. Devia tenir les potes del davant ferides, perquè s'arrossegava cap endavant només amb les del darrere, lliscant sobre el pit. El búfal devia haver·li· ho fet en l'última escomesa.

Però, tot i avançar d'aquesta manera, la rapidesa amb què ho feia era tan gran, que en un moment va ser a l'aigua.

Quan va veure el ferotge carnívor, el més poderós de la selva, disminuït d'aquella manera, un temerari pensament va passar per la ment d'Isa.

Qui podria posar en dubte el seu valor, si tornava al poblat amb el cos cobert per la lleonada pell del seu trofeu de caça?

Es va acostar al búfal. Una dotzena de hienes s'allunyaren lladrant. L'assegai era a terra, tacat de sang.

El va recollir i, després de netejar-lo sobre l'herba humida, se'n va tornar cap al riu. La pantera havia ficat el morro dintre l'aigua per alleujar la coïssor de la ferida. Grinyolava.

El seu llarg cos era recorregut per estremiments que el sacsejaven tot. La cua li batia inquieta d'ací d'allà.

Isa, tremolant, el va observar.

Dintre seu, la por lluitava amb l'ambició. Va serrar les dents. Havia d'afrontar el risc. Només la mort de la gran pantera faria oblidar, així ho creia, als habitants del poblat que ell era un «orzowei», un trobat, un xacal d'home.

Encara recordava –d'això feia ara sis o set anys– la magnífica acollida i les festes celebrades en honor d'Umbelai el dia que va tornar al poblat amb la pell d'un lleopard al damunt.

Endavant, doncs.

«Ben mirat», es va dir, «té les urpes desfetes i està ferida i cansada».

Es va arrossegar fins a trobar-se a poques passes de l'animal.

Li semblava com si a la selva ressonés el tam-tam amb el mateix ritme frenètic amb què la sang brollava de les temples del lleopard.

Va agafar fort l'assegai i va saltar.

En el mateix instant el lleopard es va tombar; va obrir la boca fent un rugit poderós i, recolzant-se en les potes del darrere, va saltar disparat.

Isa va esquivar el terrible cop, però no tan de pressa per a sortir-ne il·lès.

Les urpes de la fera li van ferir el pit, mentre els ullals es tancaven, d'un cop sec, a un dit de la seva cuixa.

Restaren tots dos un moment, que al noi li va semblar un segle, mirant-se immòbils.

Després van contraatacar al mateix temps.

El lleopard va fer un salt endavant. Isa aprofità l'instant en què la fera deixava al descobert la part inferior del cos per enfonsar-li l'assegai.

Un rugit de ràbia li va fer comprendre que el cop havia estat precís, mentre la còrpora del lleopard li queia al damunt. Les seves urpes se li van clavar un cop més al cos.

Va sentir un fort dolor en una cama i va perdre el coneixement.

El crit de les hienes i l'aire fresquet de la nit el van despertar.

El primer que va fer va ser mirar al seu voltant. El lleopard jeia rígid al seu costat. L'assegai li havia travessat el cor.

Va tirar una branca seca a les hienes que se li acostaven i, amb penes i treballs, gemegant, s'incorporà a seure.

Sentia un dolor agut a la cama. La va aixecar amb suavitat. Tenia un bon esvoranc a la cuixa. Les urpes de la fera li havien deixat l'os al descobert.

Va provar de bellugar-la. Serrant les dents, suant, va aconseguir fer petits moviments. Encara bo; els nervis no havien estat malmesos.

Es va mirar el pit. Llargues tires vermellenques el ratllaven tot; sota mateix dels mamellons cinc grans esquinços encara sagnaven.

Es va arrossegar fins a l'aigua i s'hi va cabussar.

La frescor de l'aigua suavitzava la cremor de les ferides, tot i que li produïa llargs calfreds. Però el xicot va sortir immediatament així que va veure que el riu s'envermellia tot al seu voltant. Amb fulles de falguera es va tamponar la ferida de la cuixa i els esquinços del pit.

Estava rendit, però era feliç. Havia vençut la gran pantera. Per això, mentre escorxava la fera, abans que la rigidesa del son etern fes la feina més feixuga, va començar a riure's d'ell mateix.

Li semblava ser un fort guerrer preparat per a una gran batalla, cobert com tenia el tint blanc per les estries vermelles. Però era un vermell que deia la seva intrepidesa, no un simple tatuatge.

Fins a l'alba no va acabar d'enllestir aquella feina carregosa.

Va agafar la pell del seu trofeu i la va estendre al sol sobre unes mates.

Extenuat, s'hi va ajeure a sota.

Ningú no gosaria acostar-s'hi.

No en va era la pell del més fort caçador de la jungla.

III

Havien passat tres dies des de la lluita amb el lleopard. Isa es va tirar a l'aigua i es va treure les fulles que li cobrien les ferides.

Mentre, sense sortir de l'aigua, es divertia tirant cap al centre del riu branquillons que trencava d'unes mates baixes, quelcom d'improvís el va deixar amb el braç enlaire. Va mirar a l'entorn.

Res.

Però alguna cosa passava. Ho sentia. Els ocells havien interromput de cop la seva xerradissa i fins els micos guardaven silenci mentre es gronxaven damunt de les branques més altes.

Només se sentia el brunzit agut dels insectes i els raucs de les granotes.

Va sortir de l'aigua i es va dirigir al camí de la set.

Va observar atentament les herbes fins allà on el camí es perdia en l'espessetat de la selva.

Res; absolutament res.

I tanmateix alguna cosa havia fet callar els animals alats.

De cop i volta, un crit ronc i el vol d'una garsa van atreure la seva atenció cap a l'altra banda de la clariana. Qui havia fet fugir l'ocell del seu niu amagat entre les canyes?

Va veure que l'herba ondulava. No era el vent, que bufava poc, la causa d'aquell moviment. Si hagués estat el vent, l'herba s'hauria doblegat tota fins a terra.

Potser era un animal en cerca d'una presa.

Però un animal de la jungla no atemoreix els habitants dels arbres.

Un home! Només els homes tenien aquell estrany poder. I si eren homes, ell s'havia d'allunyar a tot córrer.

Va tornar enrere i es va tirar al riu. Era millor trobar-se a l'altra riba.

Era ja al bell mig del riu quan es va recordar de l'assegai i de l'escut. Els havia deixats al peu del gegantí baobab que aquelles nits li havia donat aixopluc entre el seu brancatge.

No els podia deixar allà. Haurien traït immediatament la seva presència: la d'un xicot que feia la gran prova. I qui els hagués trobat s'hauria cregut en el deure de cercar-ne també el propietari, per matar-lo.

Deu minuts més tard es trobava altre cop a terra i s'encaminava a saltirons cap al vell refugi. De sobte es va tirar a l'herba i es va aguantar la respiració.

Sem-huixi i Soliman eren al peu del vell tronc.

Mur, satisfet, els mostrava l'escut.

—A la fi l'hem trobat!

—Les petjades són recents.

—Deu haver estat molts dies per aquí. Mireu: hi ha empremtes velles al costat d'altres de fresques.

Sem-huixi va examinar el tronc.

—Aquí dormia —va dir després.

Com l'odiava ara, Isa, aquell negre nas aixafat!

—Encara és per aquí —digué Mur—. Les seves armes ho diuen.

—Dóna un cop d'ull entre les branques —manà Semhuixi—. Podria estar amagat aquí dalt.

Amb l'agilitat d'una mona, de la qual havia pres fins i tot la silueta, Soliman es va aferrar al tronc i es va enfilar.

Mentrestant Mur s'havia allunyat i Sem-huixi esperava al peu de l'arbre.

Isa meditava.

Tornar al poblat sense les armes hauria estat un signe de feblesa. Tothom se n'hauria adonat. No era digne d'un gran caçador deixar les armes en mans enemigues.

I després, què hauria pensat d'ell el Gran Cap? Que havia fugit mort de por, tremolant com el cervatell davant el pitó, en veure els exploradors que el buscaven; això hauria pensat.

Hauria demostrat, en definitiva, que certament era un xacal d'home.

Va agafar una pedra, la va sospesar damunt la mà i, quan Sem-huixi li donà l'esquena, la hi va llançar.

I mentre el negre, fent un crit, queia a terra, Isa amb un salt va recuperar les seves armes i va fugir cap al riu.

Soliman, sense saber què havia passat, en sentir el crit es va escórrer ràpidament pel tronc i va acudir al costat del seu company. Mur corria cap a ells.

Va ser Mur mateix qui el va veure i va donar l'alarma.

—El noi és al riu! El noi és al riu! Sem, Sem...

Isa es va cabussar.

Va sentir com els altres cridaven i com, després, la veu de Sem-huixi —el cop devia haver-lo només atordit— manava:

—Tu, Mur, queda't aquí. Ja l'atraparàs quan serem a l'altra riba.

Isa va nedar desesperadament, retenint l'atzagaia entre les dents. L'escut li balandrejava a l'esquena.

No podia més.

El dolor a la cama era tan fort que no podia descansar el peu a terra. El cap li giravoltava i davant dels ulls li dansaven una infinitat de punts de llum.

Habia de trobar un lloc on poder-se estirar, almenys per una estona. Però primer havia d'esborrar les seves petjades.

Els seus perseguidors no eren lluny. Havia aconseguit fer-los perdre temps saltant de branca en branca per un bon tram; però Sem havia retrobat el rastre. I ara eren altre cop sobre els seus talons.

«Coratge!», es deia per ell mateix. «Coratge, Isa! Si t'agafen, et maten... Coratge, no t'aturis... Si t'atures tot estarà perdut! Coratge!... Quants dies et durarà encara el tint?... Coratge, coratge! Apa, apa; no t'aturis!»

Sí, ell volia fugir; però el dolor era massa fort.

Encara es va arrossegar una mica més.

Davant seu s'estenia ara una clariana pantanosa.

Grups d'altes canyes emergien en petits illots. Un bon terreny per fer perdre el rastre; i, d'altra banda, un centenar de metres més enllà la selva es presentava més densa i més acollidora que mai.

«Fins allà baix», murmurà; «fins allà baix i després descanso.»

L'últim tros, el va fer saltant sobre un peu. Sense forces, es va deixar caure damunt les grans arrels d'un arbre.

En fi, si els déus havien decidit que havia arribat la seva hora, era millor morir descansat.

Ben segur que aquesta brometa devia haver·la·hi jugada aquell déu que el bruixot deia que vivia a l'arbre sagrat i del qual ell sempre s'havia rigut.

«De tota manera», es digué, «si el déu em vol ajudar, no riuré mai més en presència seva, i quan torni li oferiré un gran cérvol.» Estava cansat. S'hi estava bé reposant; però el pensament que la llarga atzagaia de Sem·huixi podia d'un moment a l'altre travessar·lo de banda a banda, el feia estremir.

Intentava copsar qualsevol remor. El més petit murmuri li encongia el cor, mentre empunyava nerviosament l'assegai.

Va ser precisament en un d'aquests moments que una veu a la seva dreta va dir:

—Compte! El teu dard et pot ferir.

Isa es va posar dret.

—Qui hi ha aquí? —intentà cridar.

Però només un so ronc li brollà dels llavis.

D'un matoll va sortir un home de pell fosca, més groga que negra, de cara eixuta, amb els pòmuls molt sortits i els ulls ametllats.

Anava nu; només portava un collaret de dents de feres que li donava tres voltes entorn al coll. A l'esquena, un buirac ple de fletxes; amb les mans tensava l'arc i apuntava el noi amb una fletxa.

—Petit poble! —murmurà Isa—. Petit poble!...

I la seva veu expressava terror i menyspreu alhora.

—Sí —va dir l'home, somrient. Una barbeta negra i punxeguda li adornava la base del mentó—. Sóc del petit poble.

—No sabia que aquest fos territori dels homes de les bardisses.

—No és el «nostre» territori. Però els homes nans de la selva —respongué el boiximà amb un somriure irònic— van on volen. Són homes lliures.

—Els petits homes —replicà Isa envalentint·se, i repetint·

allò que havia sentit a dir milers i milers de vegades– han d'estar lluny dels swazi. Els swazi són de la gran raça bantu. I els bantu són els amos de la selva. Per això els petits homes s'acontenten de viure a les bardisses i no destorben el nostre camí.

La fletxa es va clavar en un tronc damunt mateix del seu cap.

–No parlis més, cuc negre pintat de blanc. La selva és de tots i nosaltres anem per on volem. I si els forts bantu volen viure molt de temps, que no gosin provocar·nos.

Els ulls de l'home, que a penes arribaven a les espatlles d'Isa, eren freds, durs.

El minyó coneixia bé, per les històries dels caçadors, la força i l'habilitat dels boiximans.

Eren petits, però terribles.

Les seves fletxes no perdonaven. Les puntes eren impregnades amb el verí mortal d'algunes plantes.

I si la raça bantu, a la qual pertanyien el swazi, els zulu, els pondo, els tembú, els xhosa, els xhangaans i els mascona, havia aconseguit treure'ls del seu territori, els boiximans no s'havien deixat subjugar, i això els convertia en un perill; i el seu odi, afegit a la seva valentia, era una amenaça constant.

El xicot romangué immòbil; però quan va veure el boiximà avançar cap a ell, li va llançar sobtadament l'assegai.

L'home, inclinant·se, va esquivar el cop. I abans que Isa tingués temps de tirar·se·li al damunt, una nova fletxa era col·locada per l'home al seu arc.

Isa es va aturar.

–El minyó pintat té coratge, però no prudència. I li cal prudència, si vol tornar al poblat quan la tintura blanca hagi desaparegut.

–Què vols?

–Res –respongué el boiximà–. T'he vist lluitar amb la

gran pantera. T'he vist fugir dels caçadors. Ets un enemic meu, un enemic de la meva gent. Quan seràs encara més alt, la teva atzagaia potser colpirà algú dels meus, si ets prou llest per evitar les nostres fletxes. Però Pao, que aquest és el meu nom, admira i respecta el valor. I tu ets valent. Doncs bé, els teus germans et busquen per matar·te. Jo t'ajudaré.

Isa no va respondre. La por l'havia paralitzat i no sabia com reaccionar.

—Els teus ulls —prosseguí Pao— em diuen que tens por de mi. Però a Pao no li agrada matar. Si hagués volgut, hauria pogut fer·ho fa molts dies, quan tu vas matar el cabirol que jo estava caçant. Ho hauria pogut fer el vespre de la gran pantera. Ho hauria pogut fet ahir i avui al riu. Però tu ets un minyó i estàs ferit. T'ajudaré.

Va tornar a posar la fletxa dins el buirac i se li va acostar.

—Té el teu dardell —li digué.

Isa l'hi va agafar sense dir res.

L'home es va allunyar per collir unes herbes.

El moment era propici. Si volia colpir·lo per darrere, ara podia fer·ho: el boiximà li donava l'esquena. Isa sospesà l'assegai amb la mà, però romangué així, pensatiu.

L'home havia tingut confiança. Li havia tornat l'arma. Per què trair·lo, doncs?

El boiximà va tornar i, obrint·li la ferida de la cuixa, hi va aplicar damunt les herbes que havia collit.

El xicot va experimentar una dolça sensació de frescor.

—Això ho hauries hagut de posar el primer dia —digué Pao—, i no falgueres ronyoses. Les falgueres no guareixen les urpades del lleopard.

Isa va baixar el cap mentre murmurava un gràcies.

—M'agrades —continuà Pao—; m'hauria agradat tenir un fill com tu. Però la gran pantera me'l va matar abans i tot que conegués l'estació de les grans pluges. I amb ell, la seva mare... Com te trobes ara?

—Com si hagués caigut la rosada damunt la flama de la ferida. Estic bé.

—Som·hi doncs.

—Oh, no! Això no ho puc fer. La cama no m'aguanta!

—Serra les dents i camina. T'has d'allunyar al més aviat possible!

—No puc.

—Has de poder!

—Però jo...

—Res. Un instant més i t'atrapen. Mou·te!

Isa, amb una ganyota de dolor, va provar de fer uns quants passos.

—Endavant, ara. Agafa el camí.

—On anem?

—Cap a les cabanyes de pedra.

—A la «ciutat morta»?

—Sí. Només allà podràs reposar tranquil.

—Cap allà és on em dirigia. És molt lluny?

—Quan la lluna serà dalt de tot del cel veurem les primeres pedres.

—No podré pas. És massa lluny.

—A la nit serem al poblat.

—Jo...

—Pao t'acompanya. Vés al davant tranquil.

Van caminar molta estona.

Isa avançava lentament, mossegant·se els llavis sense fer·se sang per no cridar de dolor.

Pao el seguia i anava esborrant les petjades que deixaven en el camí. De tant en tant s'aturaven.

Aleshores el boiximà posava fulles noves i fresques a la ferida del xicot.

Més tard, després d'abandonar el camí –si se'n podia dir camí d'aquella catifa de molsa i fulles que s'escolava entremig dels arbustos i de l'envitricoll de les lianes–, es van endinsar en el cor de la selva, on havien de fer voltes i més voltes per continuar avançant.

Pao assenyalava l'estreta espitllera, el forat a través de les bardisses, el passadís entre les lianes embrollades.

De tant en tant s'aturava per observar un tronc, un matoll; després continuava.

Coneixia la selva com el seu arc.

Tard de la nit, sota el fulgor estàtic de la lluna que la il·luminava fent-li agafar, amb un sol joc d'ombres, aspectes fabulosos, van arribar a la «ciutat morta».

Era l'antiquíssima seu d'una civilització desconeguda. Qui sap per quines causes, havia estat abandonada pels seus habitants. I ara la selva havia reconquerit allò que un dia els homes li havien pres.

Al costat dels grans blocs de pedra es dreçaven ara els colosos de la jungla. Les infinites varietats de les enfiladisses havien cobert, amb la seva fèrria mordassa, antics palaus i primes columnes que apuntaven al cel.

Ací i allà, entre les restes de l'empedrat, tofudes mates amagaven amples lloses que havien conegut el pas d'un poble remot.

Al centre de les cases mortes, en una esplanada on es veia encara bona part de l'enllosat de marbre, s'alçaven, a l'esquena dels elefants ciclopis, divuit columnes. Alguna d'elles conservava, al capdamunt de tot, un gran cap de dona.

Més enllà de les columnes, una ampla escalinata, que antigament devia haver donat accés a un temple, era ara interrompuda per les branques d'una gran figuera salvatge.

Isa, amb els ulls esbatanats, emocionat, mirava sense aconseguir parlar. Per primera vegada veia una construcció gegantina, que semblava encara més gran i fabulosa gràcies als jocs de llum i d'ombra que la lluna es divertia a crear-hi.

—Aquí tens les cabanyes de pedra —murmurà Pao.

—És més bonic que tota la selva sencera.

—Sí, però els esperits del mal les habiten i les cobres en són les guardianes. Aquí estàs segur, minyó. Ningú no gosarà penetrar entre aquestes pedres.

—No te'n vagis —suplicà Isa.

—Per què?

—Jo... jo... sento una cosa dins, que batega, batega i em fa tremolar.

—L'home pintat no ha de tremolar. La capa blanca amaga la seva pal·lidesa. Ha de ser com els troncs, que amaguen les seves emocions darrere el gruix de la seva escorça i desafien, aparentment immòbils, totes les tempestes.

—Ho faré tal com dius, petit home.

—No tinguis por. Busca lloc i descansa.

—Gràcies. Et dec la vida.

—Grans paraules per a un minyó. Tindràs ocasió de pagarme el deute, si vols. Adéu.

—Adéu.

IV

—No, així no! Has de tenir en compte també el vent. Torna-ho a provar.

Pao era un mestre exigent i Isa va aprendre més coses durant els dies que va estar amb ell que en tots els anys de vida al poblat swazi. Va aprendre a reconèixer immediatament qualsevol empremta sobre el terreny; les diverses menes d'herbes remeieres; a tirar amb l'arc; a imitar, més bé que no ho feia, els crits dels diferents animals; en definitiva, tot allò que podia servir a un minyó que volia esdevenir un hàbil caçador, un fort guerrer, un explorador perfecte.

I Pao era infatigable en les seves lliçons.

Sovint havia dut el xicot al seu propi poblat. Els boiximans vivien en petits forats excavats a terra entorn dels quals, a tall de sostre, hi havia plantades branques d'arbre recobertes per una pell d'animal.

Pao vivia en una petita cova, i damunt la roca, a les parts

llises i planes, hi havia admirables pintures d'animals i vives escenes de caça i de guerra.

En una d'aquestes pintures, Isa va veure una gran pantera que matava un nadó.

—El teu fill? —preguntà.

Pao va fer que sí amb el cap.

—Per què vius a la cova?

—Sóc vell, minyó.

No va afegir res més; es va limitar a somriure.

—Què és això? —demanà Isa indicant dues pedres piramidals que duien gravades al damunt uns estranys jeroglífics.

—Aquí fem sacrificis al nostre déu. No preguntis res més, ara; no et podria respondre.

Havia estat estrany el seu encontre; i més estrany era, per a Isa, el plaer que sentia d'estar en companyia del boiximà.

Pao mai no l'havia invitat a quedar-se, però tampoc no l'havia fet fora.

Havien anat a caçar plegats el matí següent d'haver arribat a la ciutat morta; i des d'aleshores s'havien trobat cada dia, com si haguessin tingut una cita, al límit de les cabanyes de pedra.

Isa va tornar altres vegades al poblat dels boiximans i una nit fins i tot hi va dormir.

Ningú no li havia dit mai res, però un dia que va voler anar a cridar Pao, tres fletxes es clavaren a terra a un pas d'ell, fent-li comprendre clarament que no havia de continuar endavant.

Arran d'això va haver d'aprendre el crit de reclam del poble de les bardisses.

Tres vegades el lladruc del xacal alternant amb la riallada descomposta de la hiena.

Pao somreia mentre Isa provava i tornava a provar.

—Si et vols salvar de la fiblada de les nostres fletxes —deia—, ho has d'aprendre bé.

El tint s'anava esborrant. La pell bruna del noi tornava a sortir ací i allà, i sovint es veia ben fosca en contrast amb la capa blanca de vernís.

—Aviat hauràs de tornar amb la teva gent —digué un dia Pao, observant-lo.

Estaven estirats al peu d'un gran tronc.

—Sí —respongué Isa.

I pensava en aquell dia.

—Quan siguis amb els teus oblidaràs al vell i insignificant Pao. Però jo no t'oblidaré. M'has donat la feliç il·lusió de tenir encara el meu fill. Te'n dono les gràcies, Isa.

El xicot no va respondre de seguida. Volia dir moltes coses però no podia.

—Te les dono jo a tu, les gràcies —digué—. M'has salvat dels enemics i m'has ensenyat coses que no oblidaré. Has fet per mi el que mai ningú no ha fet. Jo... jo no oblidaré mai el qui m'ha tractat com un fill seu. Perquè és això el que has fet. I jo he pogut saber què significa tenir un pare.

Tot dient això va agafar la mà de l'home i la hi va besar.

—Les teves paraules —digué Pao— són per a mi com la pluja en temps de calor. Donen vida. Però digues: has dit que no havies tingut pare. Com és això?

—El vell Amûnai diu que és una llarga història, i jo no la conec. Oblida-ho, Pao.

No li agradava dir que tot el poblat li tirava en cara que fos blanc. I al capdavall, per què dir-ho, si ell se sentia swazi, un negre de la gran tribu?

—Quan te'n penses anar? —li preguntà Pao.

—A la segona sortida de sol. El viatge és llarg i el que queda de tint ho perdré pel camí. El vell Amûnai m'espera al peu de l'arbre sagrat. Haig de ser puntual.

—T'acompanyaré fins al riu. I en la pressa del retorn, recorda de tenir prudència. Els exploradors et volen matar.

—Ja ho sé.

L'endemà, però, va esdevenir-se un fet que va retardar molt la partença d'Isa.

Havia anat a la ciutat morta, per agafar l'assegai i l'escut. Va rodejar una columnata, penetrà entre dues enormes pedres i s'ajupí per recollir les armes que tenia amagades en un racó. Però la seva mà va tocar alguna cosa llefiscosa.

Ho va estirat tot d'una, amb repugnància, i amb prou feines va tenir temps de deixar anar un crit d'horror.

Cargolada a l'arma hi havia una cobra de pell verdosa tacada de bru. Al contacte de la mà s'havia dreçat de cop, inflant el coll, i, rígida com una barra de ferro, mirava amb ulls freds aquell que l'havia destorbat.

En veure el caputxó que se li havia format al coll, Isa, cridant, va fer un salt enrere.

El comportament de l'home va alarmar la cobra. Va reptar endavant. Una vibració sobtada, i les dents fortament verinoses s'introduïen a la cuixa d'Isa.

D'una estrebada, el xicot s'alliberà de la serp i preparà l'arc.

La fletxa va aturar a mig camí el segon atac del rèptil i el va deixar immòbil a terra.

Aleshores Isa va recollir l'atzagaia i, serrant les dents, va eixamplar-se amb la punta de l'arma la petita mossegada vermella. La sang va començar a brollar.

S'allunyà corrent cap al poblat dels boiximans.

—Què li passa al meu petit caçador? —preguntà Pao sortint de dins d'uns matolls—. Amb la seva folla cursa ha fet fugir la meva presa. Tota la selva, l'ha sentit!

—Pao, un ajé... un ajé a la ciutat morta... m'ha mossegat! Aquí!

A Pao se li va estroncar el somriure.

—Repenja't al tronc —li manà.

Amb una liana li va estrènyer ben fort la cuixa més amunt de la ferida i amb l'atzagaia va engrandir la prima incisió fins a deixar l'os al descobert.

Després, agenollat, va xuclar la sang de la ferida. No es va aturar fins que ja no va tenir més força.

—Ara, endavant, camina! —ordenà—. No has de relaxar·te!

Dintre la cova li va preparar un jaç d'herbes fresques; Isa s'hi estirà.

Veia totes les coses desdibuixades, com si estiguessin cobertes de boira. Va sentir, confusament, la veu de Pao cridant algú, i va veure ombres d'homes al voltant seu. Després les ombres es van esvair cada vegada més, mentre les paraules de Pao s'extingien dins aquella boira fosca que l'envoltava. Va sentir com el seu cos fimbrava, se sotragava de dalt a baix, i no es va adonar de res més.

—Que avisin tots els caps. Tots ho han de saber.

Aquestes van ser les primeres paraules que Isa va sentir.

Va aixecar el cap i va mirar al seu voltant. Reconegué la cova de Pao.

—Què ha passat? —preguntà.

—El minyó reviu —respongué Pao, somrient, mentre se li acostava—. Avui és un dia de festa.

—Qui parlava?

—Hoomai. No el coneixes.

—Què ha passat?

—L'ajé t'ha mossegat, però la teva sang ha vençut el verí.

—Ah, sí. Em semblava que... quan ha passat, això?

—El sol ha sortit quatre vegades. Tu no has deixat de dormir, mentre el teu cos cremava com el foc.

—Ho recordo vagament, Pao. Però eren ombres; ombres que se m'acostaven. Qui eren, Pao?

—Eren homes que et miraven. Tres cervatells t'han ofert els seus cors. I els seus cors encara calents han xuclat la teva sang. Després, les plantes amb el seu suc t'han ajudat a alliberar·te del verí. Jo no he fet res més que mirar·te.

—Ja estic bé, ara?

—Parles; i quan la llengua belluga i els ulls miren, encara que el cos sembli un matoll cremat pel sol, es viu, Isa.

—Voldria aixecar·me.

—Prova·ho. Però primer, beu.

La llet agra de la cabra salvatge li va semblar encara més agra que de costum.

Després es va incorporar i es va asseure.

—El tint s'està esborrant, Isa.

El xicot es va mirar. S'havia esborrat. No en quedava ni una sola traça en tot el cos.

—Te n'ha quedat una ombra lleugeríssima. Sembla com si tinguessis la pell coberta d'un fi polsim. T'assembles més a nosaltres que no als swazi.

Isa no va respondre.

Aquella era la seva pell. Pell de blanc, com deien al poblat.

No era polsim ni restes de tint; era la seva pell i prou.

Però per què ell era blanc quan tots eren negres al seu voltant, o groguencs com Pao i els seus?

Durant una setmana va ser obligat encara a descansar damunt del jaç. De mica en mica va anar recuperant les forces i finalment va tornar a agafar l'arc per caçar.

Tornà tard, al vespre, arrossegant un cabirol.

L'havia hagut d'empaitar un parell de milles per agafar·lo, ja que el verí de les fletxes actua lentament. Però n'estava orgullós.

Se sentia prou fort per reprendre el camí cap a la seva tribu.

Pao l'esperava al centre de la petita clariana que formava la plaça del poblat. Al seu voltant, quatre homes seien cada un al costat d'un cistell.

—Seu —li manà.

—Què vols?

—La serp t'ha mossegat una vegada i et tornarà a mossegar, si no saps afrontar·la. Tu li tens por, oi?

—No ho sé. No m'havia passat mai, de sobresaltar·me com ho vaig fer. Et sembla que això és por?

—Sí, això és por. I qui té por, mor. Perquè la por fa fer coses sense cap ni peus que et duen a la perdició. Seu. Et faré vèncer la por.

Es va acostar una dona amb un atuell ple d'aigua. Pao hi va tirar unes gotes d'oli. En aquell precís moment, els quatre homes es van posar en cercle i van entonar una cantilena suau, quasi un murmuri; i, arraulint·se a terra, van començar a dansar al voltant de l'atuell.

—La cançó de l'ajé —murmurà Pao, mentre Isa mirava els dansaires, atret pels seus moviments sinuosos.

—Ara l'oli de la benedicció penetra a l'aigua i s'hi barreja... s'hi barreja... s'hi barreja!

Pao bramava mentre remenava el líquid. Tenia l'esguard fit al cel.

—Beu —va dir després.

Isa es va empassar la poció.

Quan va haver deixat l'atuell, els homes van aturar la dansa, van agafar els cistells i es van acostar al noi.

Per l'excletxa de les tapadores mig aixecades quatre serps treien el cap i miraven fixament el xicot.

—Nooo!

El crit d'Isa era un crit salvatge.

—Mantén-te quiet. El beuratge t'ha immunitzat. Les serps ja no et poden fer cap mal. Acosta-t'hi!

Isa s'hi va apropar. Tenia confiança en Pao, que l'havia salvat i guarit.

El boiximà va acostar dues serps a les orelles del xicot i aquestes s'hi aferraren amb les dents i restaren així més d'un quart d'hora.

Després hi van posar les altres dues, mentre les primeres se li entortolligaven al coll.

Isa ja no tremolava. La poció havia estat eficaç. La por havia desaparegut.

Quan tota la cerimònia va haver acabat, Pao li va dir:

—Ara estàs salvat. Les serps se't podran acostar i tu les tractaràs amb confiança. I no t'atacaran, perquè comprendran que tu no els fas cap mal.

Uns dies més tard, al vespre, els boiximans es trobaven reunits a la gran esplanada per al sopar de comiat. Quan la lluna il·luminés la selva, Isa partiria.

Pao va parlar poc, i quan tots van tornar a les cabanyes va indicar a Isa que el seguís.

Dintre la cova va agafar un arc i un buirac pintat artísticament.

—Té —va dir— És el meu do.

—Tu has estat bo amb ami, Pao, com un pare. Conservaré el teu arc amb la mateixa cura amb què tracto el meu cos. Si vols, vindré sovint a veure't.

—Serà com si vingués el meu fill. T'espero. Una cosa més. Aquest amulet. L'havia fet per al meu fill. No el va a arribar a dur mai. Porta'l tu.

Isa es va agenollar. El boiximà li va penjar del coll una dent de lleopard que duia gravats quatre cercles concèntrics dels quals partien vuit triples raigs. Al centre de la figura, dues ratlletes encreuades donaven la idea d'una espasa.

—Que els bons esperits t'acompanyin, Isa. Vés, que la lluna és nada.

—Adéu, Pao. No t'oblidaré.

I després d'haver-li besat els palmells de les mans, Isa va enfilar el camí que l'havia de dur amb els seus.

Quan va ser al llindar del poblat es va tombar. Pao era encara quiet a la boca de la cova.

En aquell moment Isa va comprendre com és de difícil separar-se dels éssers estimats. Per primera vegada a la seva vida el cor li bategava dintre el pit amb tota la força i les llàgrimes li banyaven la cara. Per primera vegada plorava sense haver estat copejat.

Aleshores va fugir cap a la selva ombrívola, plena de remors i de vida.

V

L'arbre sagrat del poblat, el vell baobab gegantí, vermellejava sota la carícia del sol naixent.

Amb una certa emoció, Isa va tornar a mirar el poblat: la gran esplanada, la cabanya del Consell. La seva mirada va córrer fins al fons de tot, on, isolada, s'aixecava la cabanya d'Amebais, la seva nodrissa. Es va ajustar sobre les espatlles la pell del lleopard i es va aproximar corrents als matolls que limitaven el poblat.

Va fer cap a la cabanya. Hi va entrar.

–Isa!... Ho sabia, que tornaries!

El vell Ring-kop l'abraçà amb força; després va dir:

–Deixa que et vegi. Estàs fet un bon jovencell. I... aquesta pell? I les ferides? Explica, apa; parla... Hem patit molt pensant en tu.

El xicot va explicar, acolorint-los amb tintes fosques, els perills que havia corregut.

Estava orgullós d'ell mateix. Es notava.

Però no va parlar de Pao ni dels homes de les bardisses. Sabia que era prohibit d'apropar-se als boiximans.

—T'hauràs de presentar al Gran Cap —digué Amûnai—. Però sense portar l'arc ni el buirac. Són del petit poble.

—Qui t'ho ha dit?

—Qui no coneix les seves fletxes?

—Què vols que faci, Amûnai?

—Deixa l'arc dintre la cabanya.

—Però és meu!

—Tindràs la teva atzagaia i el teu tucul; però mai no podràs tenir l'arc dels homes de les bardisses. És la llei.

Més tard Isa va entrar a la Casa Gran. I, com la primera vegada, el bruixot li va anar a l'encontre.

Cap dels guerrers que omplien l'estança no es va aixecar. Només ho va fer Amûnai; ell fou l'únic que va entonar el cant de la victòria de l'home sobre la selva. Ningú no li va fer cor.

Isa, immòbil al centre de la cabanya, mirava devers un punt indefinit.

Recordava que quan els altres tornaven de la gran prova, el cant dels guerrers s'expandia fins a l'espessetat de la selva, mentre el vent en feia arribar l'eco al resplendent desert.

Per què a ell no li era donat ara el mateix honor?

Per què el Gran Cap no s'havia aixecat per abraçar-lo?

Per què, per què tot això?

—Gràcies, Amûnai —digué—, però no deixis de cantar. Els arrogants swazi no m'han vist entrar.

Hauria volgut plorar de ràbia i de dolor; el rosegava, imperiós, el desig d'anar-se'n, d'estar sol.

Tanmateix va prosseguir amb veu ferma, decidida:

—I ara ho dic en veu alta: ha tornat Mohamed Isa, l'«orzowei». Ell s'ha guanyat el seu lloc. La jungla l'ha vist sortir victoriós de tots els seus paranys, i la gran pantera ha pagat el seu tribut al jove guerrer. Que els caçadors, si caçadors se us pot anomenar, s'aixequin.

Només el Gran Cap es va moure.

–La selva t'ha tornat i has pagat el tribut amb la teva sang. Tots el swazi, i jo, admirem el teu valor. Però has fet una falta.

–Què he fet?

–Que parli Sem·huixi.

–Ja ho he dit. El xicot és amic del petit poble. L'he seguit. L'he vist menjar amb ells. L'he vist caçar amb ells. Per això ell s'ha escapat de la meva atzagaia. Estava ben protegit.

–Ningú no se m'ha apropat en cap moment. Sem·huixi menteix! S'avergonyeix de dir que, havent trobat el petit poble en el seu camí, va tenir por de les seves fletxes i es va retirar.

–Però tu –pregunta el Cap– has vist els homes de les bardisses?

–Els he vist. Un d'ells m'ha guarit. He menjat i he caçat amb ell. És un valerós guerrer.

–Coneixes la llei?

–Qui no coneix la llei? Les pedres i tot la coneixen. Però ells s'han portat bé amb mi. Per què hauria hagut de matar?

–Perquè ho diu la llei. Un swazi no pot viure amb els petits homes. Nosaltres i ells som enemics. Però, és clar, tu no ets un swazi!...

–Un d'ells se m'ha mostrat amic; jo no podia matar.

–T'has comportat així només perquè ets un «orzowei», un trobat. Doncs, bé, com que a la selva vas ser trobat, a la selva hauràs de tornar.

–Per què? Quina culpa en tinc, jo, que la meva pell sigui clara, que m'anomeneu trobat? Jo he estimat el poblat; us he estimat a vosaltres. He complert la llei. He superat la gran prova. Per què ara em voleu fer fora? Per què?

Isa cridava, plorava, mentre s'adreçava a tots els guerrers.

Però cap d'ells no va respondre. Era com si ell no hi fos.

—Vés-te'n! —manà el Gran Cap assenyalant-li la sortida.

Va ser aleshores quan en Isa es va desvetllar, per primera vegada, l'home blanc amb tota la seva violència, la seva supèrbia, el seu menyspreu pels homes de color. Va recular fins al llindar de la cabanya, va plantar fermament els peus a terra, va tensar l'arc i va apuntar als altres guerrers.

—Teniu raó —va dir—. Sóc un blanc. I un blanc no pot viure amb els xacals negres. Però us recordareu d'Isa. Un dia tornaré per fer-vos pagar l'afront... No, no us mogueu. Les fletxes del meu arc porten el verí de la cobra... He intentat ser dels vostres, perquè em creia el vostre germà. I m'he equivocat. Jo sóc un blanc. I si bé jo no els he vist mai, els blancs, sé que vosaltres teniu por d'ells. Ara me n'aniré amb els blancs. No sou vosaltres els que em traieu, sinó jo que me'n vaig. No us mogueu abans que jo sigui fora. Tu, Amûnai, que em vas salvar i m'has protegit, vine amb mi, si vols. A vosaltres, xacals covards, hienes ronyoses, adéu!

Va escopir amb menyspreu als peus del Cap i d'un bot es va plantar fora.

Va fugir cap a la selva, mentre les atzagaies li xiulaven pels costats.

Era negra nit quan Amûnai el va aconseguir a la Penya Blanca. Hi havia anat per saludar-lo.

—Vés amb compte —li va dir—. Entre els swazi hi ha qui t'odia, perquè ets blanc i perquè has superat la gran prova. Oh, no et pensis que t'han repudiat perquè t'has acostat al petit poble. No, no! T'haurien rebutjat sempre. Perquè tu ets un «orzowei». Vigila, fill. Si jo fos de tu, aniria a trobar els homes de la meva raça. Adéu.

I Isa es va quedar sol.

Aleshores tot li va semblar nou, misteriós. Se li va fer un nus a la gola, i va plorar.

Tres vegades el lladruc del xacal s'alternà amb la riallada descomposta de la hiena.

Era el senyal.

Un home va aparèixer, com si sortís de la terra, a poques passes d'ell.

—Pao —murmurà Isa—. Vull veure Pao.

—Et reconec. Tu ets el minyó de l'ajé. Vine.

—Ja has tornat? —preguntà Pao a penes Isa havia travessat el llindar de la cova.

—Els swazi m'han repudiat.

El boiximà el va observar en silenci; després va dir:

—Explica-m'ho.

—He caminat molt de temps per la selva. He arribat fins al gran desert. Però no puc viure sol, Pao. No puc; tinc por!

—Por de què? Ets un caçador, ara!

—No, no és això. Em fa por el silenci. No parlar, no veure altres homes, no...

—El silenci et fa por; et comprenc. Això et passa perquè ets jove. A mi m'agrada viure sol... Però per què els swazi t'han repudiat? Què has fet?

—M'han tirat al damunt les atzagaies. Ningú, llevat d'Amûnai, no ha cantat per mi la victòria de l'home sobre la selva. Com un gos, m'han tractat! Però un dia sabran qui és Isa.

—Si t'han tirat fang a sobre, no hi fa res, fill meu: eixuga't i somriu. El temps parlarà a favor teu.

—No puc esperar el temps. I per què m'haig d'eixugar? No vull oblidar!

—La lluna no haurà recomençat el seu tomb, que ja hauràs oblidat. Però no m'has dit encara per què t'han tret.

—Perquè... —el xicot abaixà el cap, avergonyit— perquè... sí: perquè sóc un blanc. I ara engega'm tu també. Sí, ja ho sé, tu i tot em faràs fora. Però quina culpa en tinc, jo, de ser un blanc? Quina culpa?...

—Encara no he dit res, Isa.

—Però ja sé què diràs; ho sé. També tu odies els blancs; també tu em menysprees. Apa, digues-ho! Digues-ho! Digues, tu també, que sóc un «orzowei»!... Sí, tots odieu els blancs perquè us fa ràbia de no ser com els blancs. Els swazi perquè són negres, vosaltres perquè sou petits i grocs.

—No saps res de res. Et penses ser gran, et penses saber-ho tot, i no ets altra cosa que un pobre home que plora pel color de la seva pell; un pobre home que encara no es coneix ell mateix. Avergonyeix-te'n! Sí, ets un blanc. I jo ho sabia. Ho vaig veure quant et curava del verí de l'ajé. Però quina importància té el color de la pell si a sota hi batega un cor generós enfortit pel coratge? Però vet aquí que tu ets més poruc que una tímida gasela. No tens sang, tu. Ets com el xacal, que udola i esvalota quan està sol, però udola i esvalota només per fer-se passar la por. Sí, un xacal, això és el que ets; un pobre i ronyós xacal. T'han rebutjat només pel color de la teva pell, vés-te'n!

Isa va escoltar la reprimenda sense alenar.

Després, quan l'home, immòbil i amb el braç alçat, li va assenyalar la sortida, ell va agafar l'arc i va respondre:

—Té la meva arma, Pao. Tu me la vas donar, però jo no sóc digne de dur-la. Tornaré només quan t'hauré demostrat que sé viure perfectament encara que la meva pell no sigui la d'un swazi o la d'un home de les bardisses.

—No cal —va dir Pao—. Queda't. La meva cabanya és la teva cabanya. I quan decideixis de tornar amb la teva gent, seràs lliure de fer·ho.

—Però, i els teus companys?

—Ells no miren el color d'un home, sinó les seves accions.

—No et deixaré mai, Pao.

—Un dia ho hauràs de fer. El teu lloc és amb la teva gent. Parlaré amb aquell vell que et va trobar. Com es diu?

—Amûnai.

—Sí, amb Amûnai. M'acompanyaràs tu mateix. Vull saber-ho tot. I ara vine al meu costat, fill.

VI

Durant tres anys Isa va viure amb Pao.

Havia esdevingut un noi alt i prim. El seu cos vigorós no tenia un gram de greix.

Uns músculs d'acer s'estenien sota la seva pell embrunida pel sol.

Les llargues caceres i la vida a la selva li havien donat una resistència i una agilitat extraordinàries.

Sabia arrossegar-se pel terreny més esquerp sense fer la més petita remor.

Sabia córrer darrere una girafa ferida durant més de quaranta milles sense cansar-se.

El seu sentit de l'observació s'havia desenvolupat al màxim.

Pao n'estava content, i els boiximans el veien créixer amb orgull.

Tenia quinze anys quan va veure per primera vegada un home blanc.

Se n'havia anat amb Pao –sovint s'allunyaven del poblat per llargs períodes– molt al sud, seguint el gran riu, quan va veure una barca.

–Què és això? –preguntà, observant-la amb atenció.

–Un peix de fusta –respongué el vell–. N'he vist de molt més grans allà on el riu s'aboca a la gran aigua. Són fets per la teva gent.

–Blancs?

–Blancs.

Isa va escrutar bé l'embarcació. No s'assemblava gaire a les piragües dels swazi.

Hi havia un home assegut a popa; un barret d'ala ampla li amagava el rostre.

–Pao... –digué indecís, sense saber tan sols què volia demanar.

–Entenc –somrigué el boiximà–. Vés. Ens trobarem al poblat a la propera lluna.

–Però jo...

–Ja ho sé. No em vols deixar. Però aquella és la teva gent, no la meva. I la teva curiositat serà tanta que no en tindràs prou amb un dia o dos per satisfer-la. Ens tornarem a veure a la propera lluna; vés.

–Gràcies, Pao.

–Vés en pau, fill. Confio en tu.

–Tornaré abans i tot. Adéu!

Es va deixar anar silenciosament dins el riu, tal com Pao li havia ensenyat, i va seguir l'embarcació.

Fins al capvespre la barca no es va aturar.

L'home va baixar a terra. Duia un gran sarró a l'esquena i amb les mans sostenia un fusell.

«La canya que trona!», murmurà Isa.

Pao li havia ben descrit com era un fusell. No se li havia escapat un sol detall. D'aquell tub que matava, se n'havia de ben guardar.

Des de la riba del riu un ample camí penetrava a la selva; després, aquesta s'aclaria de mica en mica fins a deixar lloc a un amplíssim camp que es perdia a l'horitzó.

A dues o tres milles de distància, s'alçaven uns edificis d'aspecte nou i grandiós per a Isa. Eren les cases dels pioners holandesos, arraulides sota grans sostres punxeguts.

Uns arbres que li eren desconeguts les circumdaven i hi feien ombra. Eren uns arbres estranys: alzines.

Ací i allà vivien encara petits grups d'acàcies. Amples senders separaven les cases l'una de l'altra.

Arrossegant·se pel camp, Isa contemplava meravellat totes aquelles coses.

Més tard, una estranya remor li va fer tombar el cap devers la banda oposada a les cases.

Tres parelles de bous traginaven un gran carro trontolladís, que grinyolava per camins a penes traçats.

Un home, dalt del seu cavall, la carrabina a l'esquena, incitava els lents animals.

Els seus crits, unes vegades estridents, d'altres guturals, arribaven clars fins on era ell.

Va veure com el carro s'aturava davant una d'aquelles grans cabanyes i com una dona grossa rebia el nouvingut. Tres vailets sortits de la casa s'havien enfilat dalt del carro cridant i rient. Era estrany el vestir d'aquella gent; i encara més estranyes les paraules que li arribaven dutes pel vent.

Aquells eren els blancs, el seu poble.

Es va acostar al camí.

En aquell moment l'home que ell havia seguit s'acostava al grup i es treia el barret.

Els seus cabells eren rossos. Isa no havia vist mai cabells d'aquell color.

Els últims raigs de sol que corrien a amagar-se a la selva donaven reflexos de brancatge a aquella estranya cabellera.

«Com una panotxa de blat de moro», es va dir Isa. I es quedà mirant fascinat.

Durant la nit, cautelós com un lleopard, es va aproximar a les cases. Les va palpar amb els dits, suaument.

Després, alguna cosa el va fer restar immòbil.

Ja havia vist aquell jardí.

Sí, devia haver-lo vist en alguna banda. Certament que no en el poblat dels swazi, i menys en el de Pao. On l'havia vist?...

Potser l'havia somiat. Li semblava una cosa llunyana, gairebé esvaïda. Tanmateix...

Just. Darrere aquells arbres hi havia un pou; això ho recordava. Un pou amb una baraneta de totxos vermells.

S'hi va atansar.

El pou era allà, amb la baraneta de maons cremats pel sol.

«És estrany», pensà Isa; «és estrany, tot això. Segur que és una jugada del déu del mal. Es burla de mi!»

Va rondar pel poblat; però sempre tornava a aquell jardí.

I entre les branques dels arbres que l'adornaven, es va adormir just quan el sol tornava a donar llum a la terra.

Els crits de la mainada el van despertar. No va tenir cap sobresalt. Sabia ja on era i què passava.

El seu instint d'home habituat a viure cada moment entre perill, el feia estar sempre preparat.

No era mèrit seu. La selva l'havia ensenyat. Es va escórrer pel tronc i es va quedar observant la canalla.

Quan aquests es van allunyar per l'ample camí, els va seguir. L'interessaven. Sabia que el guiarien fins als guerrers.

«Són molt valents», havia dit Pao, «i porten moltes coses lluents.»

Fins en aquell moment no n'havia vist cap. Potser els infants anaven cap a ells?

Si aquests marrecs eren com els petits swazi, aviat s'esmunyirien dintre les cabanyes dels guerrers. Els swazi ho feien sempre.

Els petits blancs, però, es van aturar al costat d'una casa sense sostre, van pujar dalt d'una pila de pedres i van començar a jugar. Els uns s'amagaven i els altres els havien de trobar.

Isa va somriure. També ell, al poblat, havia jugat a aquell joc. Però els seus companys sabien amagar-se millor que els nens blancs.

Es disposava a allunyar-se, quan un crit el va sobresaltar.

Una nena havia cridat. I en aquell crit Isa havia sentit vibrar la por.

Ara també els altres nens cridaven; però, com glaçats pel terror, no es bellugaven.

La noieta tremolava tota. Aterrida, mirava alguna cosa que tenia prop dels peus.

Amb quatre salts Isa li va ser al costat.

—No et moguis!

Una gran cobra feia anar endavant i endarrere el seu cap pla sobre el coll inflat.

—No et moguis! —repetí.

Hauria bastat el més petit moviment perquè, amb la rapidesa pròpia de la seva raça, el rèptil ataqués. La nena mirava espantada aquells ulls freds, immòbils.

—Fes-te enrere a poc a poc, sense córrer —digué Isa.

Fins ara la nena no el va veure. Va esbatanar encara més els ulls davant l'aparició sobtada.

Però la por de la serp era més forta que la que li podia

infondre un salvatge. Així, doncs, bramulant, se li va arrapar amb força.

—Deixa'm —va cridar el xicot.

Amb un cop la va fer caure a terra. La cobra saltà, però una fletxa aturà l'escomesa a mig camí. Un instant després una segona fletxa deixava el rèptil clavat a terra.

Aleshores tots van fugir.

Isa es va quedar sol davant l'ajé que es debatia a terra.

«És la meva venjança», murmurà, mentre els seus dits acariciaven la cicatriu que un dia un altre ajé li havia fet a la cama.

En sentir un mormoleig confús i remor de passos que s'acostaven es va ficar dins un matoll i va esperar.

Un nen indicava a una dotzena d'homes el lloc del succés.

Entre ells Isa va reconèixer l'home de la barca, Cap de Panotxa. Fou ell mateix que s'acostà a la serp i li donà, sense dubtar, el cop de gràcia.

«No té por», murmurà Isa. I n'estigué content. Aquell home li queia bé.

Mentrestant l'home havia recollit les fletxes i observava els signes que els boiximans hi gravaven a l'extrem. Després va parlar amb els altres.

Durant deu minuts no van fer res més que discutir; després un d'ells va interrogar el nen i aquest li va indicar el punt per on Isa havia desaparegut. Un grup es va dirigir cap en aquell lloc; d'altres s'allunyaren en diverses direccions.

Cap de Panotxa es va acostar al matoll on hi havia Isa; li va passar a propíssim i es va allunyar cap al riu.

Isa s'havia divertit tocant la botina de cuir que cobria el peu de l'home; després el va seguir.

Jugaria a fet i amagar amb els homes blancs.

Cap de Panotxa observava el terreny amb atenció. Diverses vegades s'havia aturat prop dels grans matolls i hi havia furgat amb el fusell.

Mentre estava ajupit mirant una empremta, Isa disparà una fletxa que va anar a clavar-se-li entre les cames.

No volia fer blanc. Només volia veure si Cap de Panotxa tenia por.

Però l'home va reaccionar immediatament. Sense ni tan sols aixecar-se disparà unes quantes vegades en direcció a Isa i les bales xiularen sobre el cap del xicot.

Isa va quedar atordit.

L'home no havia disparat amb la canya llarga, sinó amb una de petita que aguantava amb la mà.

A més de no tenir por, Cap de Panotxa era també un hàbil tirador.

Els seus companys, alarmats, hi van acudir i tots junts es van posar a batre el terreny de tot el voltant. Però Isa estava ja segur entre les branques d'una gran acàcia.

I així, saltant de branca en branca, els va seguir en la seva llarga i infructuosa recerca.

Els va seguir fins al vespre, quan els homes van tornar a les seves cases i s'hi van tancar dins.

Aquella nit no van sortir a fumar, asseguts en uns estranys tamborets davant el portal d'una de les cases, com havien fet la nit abans.

Cap de Panotxa va rondar encara una mica, i després va entrar a la casa del pou de totxos vermells. Una minsa resplendor va indicar a Isa quina era l'habitació on es trobava l'home. Enfilar-se pels barrots d'una finestra, arrapar-se a la cornisa i pujar fins a la finestra de més amunt, va ser per a Isa, àgil com un simi, cosa de no res.

Va tustar lleugerament els finestrons.

Al cap d'un moment la finestra s'obria i Isa, bruscament aferrat pel coll, era estirat cap a l'interior.

Només la lluna il·luminava l'estança.

Amb una estrebada Isa va aconseguir alliberar-se, però no va tocar l'arc.

L'home tenia a la mà, apuntant-lo a ell, el fusell petit.

—Retira la canya que trona —va dir Isa.

Amb sorpresa, va sentir que l'home li responia en la seva llengua:

—Què vols? Per què has vingut?

L'home blanc sabia parlar com ell. Isa se n'alegrà.

Es va ajupir, va deixar l'arc i les fletxes als peus de l'home i després va respondre:

—Et volia conèixer.

Si Cap de Panotxa hagués estat un covard i un poruc, en aquest moment s'hauria vist. Isa el va observar atentament. L'home, després de tancar la finestra, se li va asseure al davant.

Va deixar la pistola al costat de l'arc i va preguntar:

—Has estat tu qui ha salvat la nena?

—Jo he matat l'ajé.

—Gràcies. Ets un guerrer generós. Ara digues: per què els boiximans ronden per aquí? Què volen?

—Els petits homes no ronden per aquí.

—Però les seves fletxes han parlat.

—Les meves fletxes.

—Així, tu les has preses als petits homes. Tu ets swazi, oi?

—Sí. Sóc swazi.

Esclafí a riure.

L'home se'l va mirar estupefacte.

—Sóc swazi i al mateix temps sóc boiximà, com dius tu.

—No t'entenc. Sigui com sigui: qui vigila les nostres cases i per què?

—Els swazi són als seus poblats i els petits homes estan caçant molt lluny d'aquí. Ningú no us vigila.

—I tu, doncs?

—Jo et vaig seguir ahir pel riu. Et volia conèixer.

—Per què?

—Perquè sí.

Isa no va dir «perquè jo sóc del teu mateix poble». No sabia si ho havia de dir. Cap de Panotxa li queia bé, no li faria res de dir-li-ho; però i els altres blancs: eren com ell o no?

D'altra banda, ell volia tornar amb Pao.

—Perquè sí —repetí—. M'han dit moltes coses dels blancs, i els he volgut veure.

—Per què has vingut a mi?

—Perquè estàs sol i no tens por.

—Qui t'ho ha dit?

—Tu mateix. No has tremolat en cap moment. Ni quan t'he tirat la fletxa, ni ara que he vingut.

—Bé, m'agrada que ho hagis notat. De por, sí que n'he tingut, però no ho he demostrat.

Això agradava a Isa. L'home no amagava la veritat.

—Ara —digué el blanc— deixa'm encendre la candela. Et vull veure.

—Si encens el foc me'n vaig.

—Per què?

—Perquè sí. Si l'encens me'n vaig.

—La finestra és tancada.

—Però el meu arc és aquí a terra.

—Bé, bé. Com te dius?

—Mohamed Isa.

—Ets musulmà?

—Què?

—Si ets musulmà.

—No. Sóc swazi, jo.

—El teu nom diu que ets musulmà.

—El meu nom diu coses que no són veritat. I tu, com te dius?

—Paul van Hunks.

—Pa... Paul van... van... Tens un nom molt difícil. Jo et diré Cap de Panotxa.

L'home va riure.

—D'acord —va dir després Cap de Panotxa—. Ara, Mohamed Isa, digues què vols.

El xicot no va respondre.

—Aquesta casa és la teva?

—No. Era d'una gent que van ser morts a la selva.

—Quina és, doncs, la teva casa?

—Casa meva és lluny d'aquí. Però quan vinc en aquest poblat visc en aquesta.

—Véns sovint?

—De vegades, sí. D'altres vegades passen moltes llunes.

—A què et dediques?

—Ei, para! Això és un autèntic interrogatori! —va dir rient.

La conversa el divertia.

I tenia curiositat de saber fins on volia arribar el xicot swazi.

—Ja que un dia hauré de viure amb tu, vull saber qui ets.

—I qui et diu que jo vulgui?

—Jo. Si jo vull estar amb tu, estaré amb tu. A què et dediques?

—Sóc un cavaller de fortuna. No faig res. Vaig d'ací d'allà; vaig a caçar, venc coses, i cerco de viure tan bé com puc.

—M'agrada aquest estil de vida.

—A mi també.

—Em quedaré a prova.

—Què?...

—Em quedaré.

—Ei, deixem les coses clares. Si vols, et pots quedar. Però només aquí, en aquest poblat. Després, no.

—Per què?

—Perquè no. Tu no pots venir allà on vaig jo.

—Per què? —tornà a preguntar Isa.

—Allà on vaig jo no pot venir un swazi.

—Per què?

L'home no va respondre de seguida. Més aviat no volia respondre.

Però Isa va tornar a fer-li la pregunta i l'home va dir:

—Als blancs no els agrada estar amb la gent de la teva raça.

Isa va murmurar:

—No entenc per què els blancs no poden estar amb els swazi; de tota manera, d'acord. Em quedo amb tu. Bona nit.

—Bona nit. Et quedes aquí?

—Sí.

—Vols dormir al llit?

—Llit?... No; aquí estaré bé.

Es va tapar amb la pell del lleopard i ràpidament, com tots els éssers de la jungla, es va adormir.

VII

Quan es va despertar, Isa va trobar l'arc les fletxes al seu costat.

Cap de Panotxa no havia tingut por.

L'home encara dormia i Isa se li va acostar.

Mentre se'l mirava, es tocava la cara, i comparava el color de la seva pell amb la de l'home.

No hi havia cap dubte. Era ben bé un blanc.

—Què fas? —preguntà Cap de Panotxa de cop i volta, asseient-se sobre el llit—. Eh... Oh! Però vine aquí, deixa'm veure't!

Va saltar del llit i, agafant el noi per un braç, se'l va endur a la finestra.

—Valga'm Déu!

No va saber dir res més. El va mirar pertot arreu; li va treure la pell de lleopard; després, bellugant el cap, va exclamar:

—No hi ha dubte, noi; tu ets blanc. Sí, sí! No m'equivoco pas; tu ets un blanc. Sí, sí! No m'equivoco pas. O un blanc o un mestís. Digues, què ets?

Isa va somriure.

—Un blanc. Tu ho has dit.

—Ho sabies?

—Sí, des de fa moltes llunes. Per això els swazi em van rebutjar després de la gran prova.

—La gran prova?

—Sí.

Isa li va explicar breument el que li havia passat; l'encontre amb Pao; l'expulsió del poblat i el retorn amb els boiximans.

—Després —va dir— et vaig veure a tu. I em vaig dir: ara haig de conèixer els homes blancs. I he vingut.

—Està bé. La situació és diferent, ara. Jo no tinc cap inconvenient de tenir·te. Coneixes el nom dels teus pares?

—També Pao m'ho va preguntar. Ho va demanar igualment a Amûnai quan vam anar a trobar·lo. Però ningú no sap qui eren. La selva és la meva mare.

—Escolta'm, Isa. A mi m'agradaria que vinguessis amb mi de seguida, però no puc. Haig de viatjar i tu, en canvi, necessites quedar·te al poblat per aprendre tot el que un blanc ha de saber.

—Jo vindré amb tu; si no, me n'aniré!

—Si vols venir amb mi has d'aprendre a viure com els blancs. Ara vine.

—On em portes?

—Amb els homes d'aquestes cases.

Malgrat l'hora matinera, la vida, en el petit poblat, ja bullia. Els homes feinejaven entorn dels carros, a punt de traslladar·se als camps llunyans. Una deliciosa flaire de carn rostida emplenava l'ambient.

Tots es van quedar atuïts en veure Paul en companyia del salvatge i van fer rotlle al voltant d'ells.

—Aquest —digué Paul— és el noi que ahir va salvar Irghin de la cobra. És un blanc —afegí— que ha viscut amb els swazi i amb els boiximans... Vol venir amb mi. Però vosaltres sabeu que jo no me'l puc endur...

Els homes van assentir.

Ara també les dones s'hi havien acostat, mentre els infants espiaven des de darrere les seves faldilles.

—Per això —prosseguí Paul— us prego que el tingueu amb vosaltres. Quan haurà après a viure com un ésser civilitzat, el portaré amb mi.

Els homes es van mirar els uns als altres.

Després un d'ells va dir:

—Ens en podem fiar, Paul?

Isa no entenia la llengua del bòers, però per l'expressió d'aquell qui havia parlat va comprendre què havia preguntat.

Va agafar una fletxa i la va donar a l'home.

—George —digué somrient Paul—, el minyó ha respost. Us en podeu fiar. Sí, al començament costarà una mica de tenir-lo a ratlla. Però sembla un tipus llest.

—No haurà estat enviat aquí amb la missió d'espiar-nos? —preguntà un vell.

—També podria ser —respongué Paul—. No ho sabem. Però a una gent astuta com vosaltres no li passarà per alt si es tracta d'un espia. Sigui com sigui és un blanc...

—Un salvatge! —interrompé un dels presents.

—Sí, salvatge. Per això l'hem de civilitzar.

Cap de Panotxa es va quedar dues setmanes.

I per dues setmanes Isa va ser la seva ombra.

A la selva, al camp, al riu, a tot arreu on Paul anava ell el seguia.

Així el xicot va aprendre mil petites coses. A menjar en una taula i a dormir en un llit; a emprar els coberts i a rentar-se amb sabó. A fer, en definitiva, tot allò que un noi blanc aprèn, sense adonar-se'n, durant els primers anys de la seva vida.

Però per a Isa van ser uns dies durs.

Només per amor de Cap de Panotxa va aconseguir aprendre. Per Cap de Panotxa que, si bé tenia potser un caràcter difícil, havia aconseguit conquistar el seu cor. Per ell oblidava fins i tot els boiximans i Pao.

Un dia Paul li va dir:

—Ja és hora que et treguis la pell de lleopard, Isa.

—Per què?

—Perquè un blanc no pot anar pel món vestit d'aquesta manera. T'has de posar roba com la meva.

—Però el lleopard és meu. El vaig matar jo!

—T'he fet tallar uns pantalons.

—La pell de la gran pantera em cobreix millor.

—Et posaràs els pantalons ara mateix.

—Ara mateix? Per què, Cap de Panotxa? Em vas dir que mengés amb aquests estris, i jo hi he menjat; jo...

—Sí! —va riure Paul—. Amb la mateixa traça d'un mico.

—Em vas dir que dormís al llit, i hi he dormit. Però ara em vols treure la «meva» pell!

—Isa!

El xicot va callar. Va mirar Paul als ulls; i va veure una ombra de disgust, i es va aixecar.

—On són els pantalons? —preguntà amb un fil de veu.

—Allà.

Va tornar poc després amb el cap cot.

Els pantalons li arribaven als genolls. I li anaven una mica estrets.

Es va plantar davant de Paul sense dir res i sense mirar-lo a la cara.

—També hi havia una camisa, al costat dels pantalons —digué Paul—. No l'has vista?

L'absència ara va ser més llarga; però Isa va entrar rient, tot cofoi.

—M'he posat la camisa —va dir, i va mirar Paul als ulls.

La camisa sortia per fora dels pantalons i la pell del lleopard la cobria tota.

—Isa! —sospirà l'home.

—Hi ha alguna cosa que no va?

Isa era sincer. Havia obeït Paul i al mateix temps havia restat fidel a ell mateix.

—Isa, no pots posar-te la pell sobre el vestit.

—Vaig vestit com vols tu i com vull jo. Què hi ha de mal?

—No, Isa. Si vols quedar-te amb mi, te l'has de treure.

La pell va caure als seus peus.

Un matí, a les primeres resplendors de l'alba, Cap de Panotxa va sortir de l'habitació sense fer soroll. Es va penjar a l'esquena un gran fardell, es va col·locar un barretàs d'ala ampla i va agafar el fusell.

Però mentre anava cap a la casa del vell George, un pensament improvís el va fer tornar enrere.

Damunt el terra de l'entrada, amb un bocí de carbó, va fer uns signes estranys.

Un cercle i, dintre el cercle, una pell de lleopard i un barret semblant al que ell duia. Després, somrient, se'n va anar.

Uns quants homes l'esperaven. Li van donar unes cartes i Paul s'allunyà a bon pas pel camí dels carros.

Havia caminat cosa de cinc milles, quan una fletxa li va xiular per damunt del cap. Es va tirar a terra preparat per disparar.

Un xiulet, i una segona fletxa es va clavar a terra a pocs centímetres del seu cap.

Aleshores rigué i s'aixecà.

—M'has fet agafar por, Isa! —cridà.

El xicot va sortir de les bardisses on s'amagava.

—Cap de Panotxa no és lleial —digué enrabiat.

—No, Isa. Jo...

—I no és prou murri —prosseguí el xicot—. Els seus peus semblen muntanyes i el seu pas és més sorollós que el d'un elefant encabritat. Hauries despertat fins aquella donota d'Amebais després del ball de les «grans flors»!

—Però jo...

—No em volies dir adéu. Per què?

Isa es va acostar a l'home i tímidament li va tocar un braç.

—Petit salvatge meu —respongué Paul mentre li esbullava els cabells amb gest afectuós—, no volia dir·te adéu perquè em sap greu haver·me'n d'anar. És per això que amb el meu pas d'elefant encabritat he procurat no fer soroll. Però tu ets com els animals de la selva. Quan dorms, les teves orelles hi senten i els teus ulls hi veuen.

—Vinc amb tu? —suplicà Isa.

—Tornarè a la tercera lluna nova. I recorda: em posaria molt trist si no et trobava. I vull que tu, aleshores, siguis com jo desitjo.

—Series feliç?

—Feliç i orgullós de tu.

—Provaré de ser com tu vols que sigui. Però torna aviat.

L'home el va abraçar.

—Adéu —va dir.

—Torna aviat.

Un cop a la casa Isa es va quedar mirant durant molta estona el dibuix de Paul. Quan George el va anar a cridar, el va trobar ajupit a terra mirant immòbil el paviment.

—Ei! —el cridà.

Isa no el va sentir.

—Ei, cafre!

Va seguir la mirada del xicot i va veure l'estrany dibuix.

—L'ha fet Paul?

Va esperar una resposta. Després murmurà:

—De vegades és ben boig, aquell home. Anem, que hi ha feina. El misteri d'aquests gargots, ja el desxifraràs després, quan no tinguis res a fer.

Però per a Isa no era cap misteri.

El barret era Cap de Panotxa; la pell de lleopard, ell, Isa. I el cercle que els envoltava deia clarament que cada un d'ells estava, per sempre més, lligat a l'altre.

VIII

—No volem jugar amb tu. Torna amb els negres, tu que puts com ells!

—Ets un salvatge; un inútil salvatge!

—Mireu com menja!

—Espieta! espieta!

—Què véns a mirar, aquí, porc!

—Fora d'aquí! Fora!

Amb aquestes i amb altres expressions pitjors, els vailets allunyaven Isa dels seus jocs, de la seva vida de cada dia.

Havien passat dues setmanes des de la partença de Paul. Al poblat, Isa era amb prou feines suportat. Per a tots ells era un salvatge i, per tant, un ésser inferior que no era digne d'estar amb ells.

—Blanc, ell?... Un blanc no hauria pogut viure ni un sol dia amb els zulus!

Si encara no l'havien matat, era només perquè matar era pecat mortal.

Si encara no l'havien fet fora era només perquè Paul havia demanat que el tinguessin.

I Paul calia obeir-lo.

Però qualsevol feina, la més dura, la més pesada, la més repugnant, la hi encolomaven sense remordiments.

—Ei, cafre, s'han de netejar els estables!

—Ei, cafre, s'ha de tallar llenya!

Sí: cafre.

És a dir, infidel. I la paraula era pronunciada amb tal menyspreu, que era més que un greuge.

—Cafre, saps portar els bous a pasturar?

Quantes vegades no ho havia fet quan vivia al poblat dels swazi!

—Vinga, doncs! I vigila que no se t'escapin de davant del nas.

Fins a l'escarni, arribaven!

En moments com aquells la sang li bategava de pressa per les venes. Moltes vegades la mà se li n'anava cap a l'arc. Només el record de Paul el contenia.

Havia d'aprendre a viure com un blanc.

No era això, el que Paul havia dit?

Aleshores acotava al cap i obeïa.

La persona que tenia cura d'Isa era Anna, la mare d'Irghin, la nena que Isa havia salvat de la cobra.

Però Anna no era Paul. L'estimava a la seva manera. L'atenia, li donava de menjar, li tenia el llit net, ordenat; però mai no tenia per a ell un gest d'afecte, mai no bescanviava amb ell una sola paraula més enllà de les necessàries.

Steven, el més gran dels seus fills, quan Isa va entrar per primer cop a la casa havia dit:

—Mare, si aquest salvatge menja a la nostra taula, jo me'n vaig.

—Aquest minyó menjarà amb nosaltres i dormirà a la vostra habitació.

—Però mare, si és un salvatge!

—És un noi com vosaltres. Que sigui blanc o negre, això tant se val. Seu amb nosaltres, Isa, i sigues benvingut.

—Si el pare fos aquí...

—Si el vostre pare, que al cel sigui, fos encara entre nosaltres, hauria aprovat el meu comportament. Ell —assenyalà Isa— és encara un xicot!

Aquesta era la vida d'Isa entre la gent de la seva raça.

—No em volen, no em volen. Em tracten com un estrany. Els sóc repugnant, els faig fàstic; m'odien. Què els he fet, jo? —cridava al vent mentre els bous pasturaven tranquils.

I esperava que el vent li respongués o que, almenys, li portés la resposta de Paul.

Després va passar un fet que li va fer néixer l'esperança d'esdevenir digne davant els blancs, d'ésser admès entre ells.

Durant dues nits seguides els estables dels bous van ser visitats per un gran carnívor. La primera nit en van resultar ferits els quatre bous de Frederick. La segona nit va tocar a les eugues de l'Emmanuel.

—S'ha de muntar guàrdia —digué George, el vell—. Si això continua així ens quedarem sense bestiar.

Tothom hi va estar d'acord.

Els tres que havien anat a explorar la rodalia van tornar abatuts i descoratjats, sense haver trobat cap rastre de l'animal.

—Sigui com sigui —va concloure Christian, el caçador més destre del poblat—, el descobrirem. És un gran felí: un lleopard, diria.

Isa, estirat en un racó, s'entretenia amb l'arc.

Havia intentat parlar, però George li havia dit secament:

—Sabem caçar nosaltres sols, sense haver de recórrer a l'ajuda d'un cafre!

I, així, dos homes van muntar guàrdia.

Isa els observava com anaven amunt i avall conversant en veu baixa.

Arraulit entre les branques d'una alzina, el xicot somreia.

—Ni tan sols Amebais, la boja del poblat swazi, faria la guàrdia d'aquest manera.

Es va encaixar en un entreforc i es va adormir.

El lleopard no havia vingut.

Sí, perquè era un lleopard. Les empremtes ho mostraven clarament. I era gros i borni.

Se n'havia adonat per la manera com havia atacat les bèsties. I devia ser un exemplar molt perillós, que gosés aventurar-se entre els homes.

«Però no vindrà», es va dir per a ell mateix mentre s'adormia.

Durant una setmana els homes van fer batudes per la zona i van muntar guàrdia.

Hi va haver diverses falses alarmes; però el lleopard no va tornar més i tot va quedar oblidat.

Una nit, Isa, observant el cel, va veure la lluna plena. Gran com era, escampava la seva llum argentada per tota l'amplària dels camps.

Se'n va pujar a la casa de Paul, es va treure la roba i es va tornar a posar la pell del lleopard.

Després, lleuger com una ombra, es va allunyar cap a la selva.

Tres vegades el lladruc del xacal s'alternà amb la riallada descomposta de la hiena.

Des d'un matoll proper fou repetit el senyal.

Va veure com una ombra silenciosa se li atansava.

—Qui ets? —li demanaren.

—Isa, Mohamed Isa.

—No et conec. Què vols?

—Vull veure Pao.

—Pao? Per què?

—Sóc amic seu.

—Passa al meu davant.

Isa es va posar en camí. Les seves orelles van percebre la suau remor de la fletxa enfilant-se a l'arc.

—Home de les bardisses —digué sense tombar-se—, les meves fletxes parlen el mateix llenguatge que les teves. I duen els mateixos signes.

—Atura't —manà l'home— i parla sense mentir. Tu ets swazi. Què és el que vols del petit poble?

—Només ha passat una lluna d'ençà que vaig deixar el petit poble. Pao és amic meu i tu m'hauries de conèixer.

—Jo conec Pao, però no t'he vist mai amb ell. Vinc de la terra cremada.

—Aleshores agafa el meu arc. Me'l va donar Pao. Examina'l.

Va tirar l'arc als peus de l'home i aquest el va observar detingudament.

—Vine —digué després—. Però si has mentit no tindràs temps de penedir-te'n.

Van arribar a la gran esplanada. Dos homes els van anar a trobar.

—Has tornat, Isa? —digué el més vell.

—El coneixes? —li preguntà el qui l'acompanyava.

—Isa és del nostre poble. Pao ho va dir.

L'altre va tornar l'arc a Isa.

—Té —va dir—. Jo sóc Txim-ao. No sabia que tu fossis de la meva mateixa sang. Ja ens tornarem a veure, germà.

—Gràcies. I Pao? —preguntà als altres.

—El trobaràs a la cova.

Isa hi va entrar sense fer soroll.

Volia donar una sorpresa al seu amic; però el sorprès va ser ell.

Pao, d'esquena a l'entrada, estava encarat a les dues pedres piramidals que duien gravats estranys jeroglífics.

Un finíssim núvol d'encens s'escampava per la cova donant a cada cos una forma evanescent. Les pintures de les parets semblaven escenes vivents.

La gran pantera semblava moure's, així com el nen que estrenyia amb la boca.

Aquesta sensació de realitat era ajudada per les flames que, des d'un braser col·locat entre dues pedres, s'alçaven turbulentes, crepitants, ara abaixant-se, ara cercant d'arribar al sostre.

I la figura de Pao, immòbil, en restava tota il·luminada.

El seu petit cos semblava estar dins aquell foc i dominar-lo.

Isa, arraulit en un racó, esperava.

Mirava les flames inquietes.

I les dues pedres.

I Pao.

El foc li recordava les danses de la seva tribu: les lluites, les festes, el bruixot.

També Pao estava pregant; ho percebia.

Però era una pregària silenciosa, que feia venir un lleuger estremiment al capdamunt de l'esquena. Com aquell que ara mateix l'assaltava.

Sí, perquè Pao semblava desprendre's cada vegada més de la terra, com si estigués dins el foc i amb el foc s'enlairés cap al sostre.

I tota l'estona estava immòbil.

Era aquella immobilitat allò que estremia Isa. L'home de

les bardisses semblava de pedra. En certs moments, per efecte del joc de llum, semblava que la seva ombra onegés suaument, s'allunyés, es retorcés. I, amb l'ombra, també el cos, perfilat pel reflex de les flames.

Isa va intentar mirar cap a una altra banda.

Les dues pedres l'atragueren. Més ben dit, els signes que hi havia gravats a les pedres. Els va mirar amb atenció.

Sobre cada pedra hi havia quatre cercles concèntrics dels quals partien vuit triples raigs.

On havia vist aquells signes?

Tanmateix...

Instintivament va tocar la dent de lleopard, l'amulet que Pao li havia penjat al pit.

Els mateixos signes que mostraven les pedres eren gravats a la dent. Amb una diferència: que al centre dels cercles, a la dent, hi havia dues ratlles encreuades.

«L'havia fet per al meu fill», havia dit Pao, de l'amulet. «Porta'l tu!»

Així que Pao hagués acabat de pregar, li preguntaria pel significat d'aquells signes.

Pao! Com desitjava que fos ell el seu pare!

Però certament el seu pare devia haver estat com ell. Encara que era ben veritat que era un blanc, com Cap de Panotxa.

Vet aquí: si li haguessin fet triar un pare, no hauria sabut amb quin dels dos quedar-se.

Pao o Cap de Panotxa?

Tots dos eren forts, astuts, lleials.

Però Isa trobava en Pao alguna cosa que Cap de Panotxa no tenia. Potser aquella manera d'estar immòbil, com Pao estava ara.

I Cap de Panotxa, per la seva banda, tenia alguna cosa que

mancava a Pao. Alguna cosa més que la canya que trona; alguna cosa a la qual ara Isa no sabia donar un nom, que ni tan sols aconseguia desxifrar.

I era una cosa difícil per a ell. Es tractava de desxifrar en l'home blanc els signes que segles de civilització li havien imprès.

Però quines idees més estranyes li venien al cap!

Algú va entrar a la cova i se li va asseure al costat. Era Txim·ao.

No va dir ni una paraula ni va fer cap gest.

Va romandre quiet al costat del xicot.

Després, van entrar un segon, un tercer, un quart boiximà; fins a una quinzena. I tots romanien quiets, silenciosos.

—Què passa? —preguntà Isa al del seu costat.

Txim·ao no va respondre.

Isa va esperar una mica. Després va tornar a preguntar.

—Què esteu fent?

—El meu amic ha oblidat que una de les virtuts del petit poble és la paciència?

Isa es va posar dret. Pao parlava. A la fi Pao s'havia tombat cap a ell.

Se li va llançar als braços.

—M'alegra estar altre cop amb tu!

—Qui és més feliç, petit amic meu: el gran arbre que aixopluga els ocells o els ocells que s'hi aixopluguen? El meu cor és feliç quant pot sentir a prop els batecs del teu! Patia per tu. Tenia por, sobretot, de no veure't més.

—Jo?... Però si...

—Espera. Haig de parlar amb els meus homes. Després m'ho explicaràs.

—Me n'haig d'anar?

—No —somrigué Pao—. Entre pare i fill no hi ha secrets. Els coneixes?

Amb un ample gest dels braços va assenyalar els presents.

—El primer, sí. Una mica més, i faig coneixença amb les seves fletxes i tot —respongué somrient Isa.

—És Txim·ao, el cap del grup que viu al desert. L'altre és Hoomai: el seu grup viu a la vora del gran riu. I els altres són els caps dels grups que viuen a la selva. Aquest —va dir als homes— és Mohamed Isa. Mireu-lo bé. Coneix la nostra parla. És el meu fill.

—El fill de Pao és el nostre germà —digué Hoomai en nom de tots.

—Encara que sigui un swazi o un blanc? —preguntà Isa amb un lleuger deix d'aprensió a la veu.

—No t'hem preguntat qui ets ni hem mirat la teva pell. Ets amic nostre. Amb això n'hi ha prou.

—Veus? —afegí Pao somrient—. El petit poble mira el cor, no pas el color del cor.

—Pao! —murmurà Isa abrançant-lo.

No va saber dir res més. Els petits homes eren millors que els swazi i que els blancs. Només Cap de Panotxa era com ells.

Pao va seure entremig dels altres.

Van discutir llargament.

Isa, al costat del foc, esperava.

Quant tots van haver sortit i Pao i ell es van quedar sols, preguntà:

—Què és el que passa, Pao? Els teus homes parlen de carros de bous, d'homes blancs, dels swazi i de totes les altres tribus bantu. Per què?

—Molts homes blancs avancen cap al riu. I molts bantus cauen sobre els poblats hotentots matant i robant. El petit poble vigila.

—Què passa en concret?

—Res.

—Què temeu, doncs?

—La prudència és saviesa. Si el petit poble vol continuar vivint ha de ser prudent.

—Pao, no m'has parlat mai de tu i de la teva gent.

—La història del meu poble es perd en la nit dels temps, i la meva història no té cap importància. Per això la primera és llarga d'explicar i la segona no mereix ni un sol mot.

—Per què, doncs, els caps dels diversos poblats han vingut a veure't a tu? Qui ets, tu?

—Jo sóc Pao. Un petit home, com tu dius; un home de les bardisses. Si ells m'han vingut a veure a mi, m'han honorat amb la seva presència.

—Per què han vingut precisament a tu i per què abans estaves immòbil d'aquella manera davant el foc?

—Quan un jove elefant bramula perquè ha vist un perill, tot el ramat acut al més vell i li demana consell. Això és el que ha passat en el petit poble. Jo sóc només un vell elefant.

—Tu no ets vell, Pao. Però si els altres s'han adreçat a tu, senyal que tu ets un savi. Ets un bruixot, Pao?

—Anomena'm com vulguis. Jo sóc Pao, i prou.

—Pao, saps què signifiquen aquests signes? —i indicà les incisions damunt les pedres.

—Són el símbol del Gran Pare.

—El Gran Pare? Qui és?

—Digues, jove Isa: qui dóna vida a la gran pantera i a l'elefant i al lleó i a tots els habitants de la selva? I el verí a la cobra i l'abraçada mortal al pitó? I les ales als habitants de l'aire? I al llamp, i a l'aigua, i al tro, i al vent, qui els dóna vida?

—Els esperits del bé i del mal. Així ho deia Ao-sam, el bruixot.

—I als esperits qui els dóna un principi i una vida? Un de sol, Isa: el Gran Pare.

—I on és?

—També jo el vaig cercar ja fa molt de temps. I no vaig aconseguir veure'l. Però ara sé on és. És en el tro, en el vent, en el llamp, en la pluja, en el sol, en la lluna; i en la selva, en el desert. Es troba en totes les coses, perquè totes les coses són seves. Ell n'és el Gran Pare. Mira, mira els senyals. Quan tu llances la teva atzagaia a l'aigua, allà on cau neixen tot de cercles que s'eixamplen tot al voltant. Així és ell. El Gran Pare és al centre i ho mou tot, com la teva atzagaia llançada a l'aigua. Els quatre cercles són el símbol del moviment. Els vuit raigs agrupats de tres en tres diuen que no sols hi ha moviment, sinó ordre, força, justícia. Aquests signes tenen un altre significat. Els quatre cercles representen les quatre estacions de l'any: la gran pluja, la gran calor i les dues estacions de pas. Cada raig és el temps d'un dia. I si uneixes els quatre cercles i tots els raigs, tindràs el temps que passa d'una lluna nova a una altra. També això ens parla del Gran Pare. Indica el temps que ell fa transcórrer sempre amb la mateixa llei.

Isa meditá sobre les paraules de Pao, i després va dir:

—És ben veritat que ets savi, Pao. Com li parles, tu, al Gran Pare?

—El Gran Pare no necessita paraules. T'entén encara que no parlis.

—Així, doncs, no és que el bruixot li parli per mi? Puc, jo també, parlar amb ell?

—Sí.

—I ell et respon?

—No, no obertament. Però et dóna força i saviesa. Només cal tenir confiança.

—Quan em sigui útil parlaré amb ell.

—Per què només quan et sigui útil?

—Cal parlar-li fins i tot quan el seu ajut no serveix?

—¿Les arrels del gran arbre es mantenen fermes a la terra només quan el vent bufa fort, o sempre, per tal que el temporal no arribi de sorpresa? La força i la saviesa no s'adquireixen en un moment. Quan aprenies a tirar amb l'arc vas emprar molt de temps abans de poder encertar un blanc amb la primera fletxa. Per conquistar la saviesa cal molt, molt més temps que per aprendre a manejar l'arc.

—Aleshores haig de parlar sempre amb ell?

—Sempre que puguis.

—Haig de buscar un lloc on fer·ho.

—No cal. Des de qualsevol lloc pots parlar amb ell. Des de la selva, des del poblat, des de tot arreu.

El foc s'estava apagant. Pao va agafar un feix de llenya i el va revifar.

—I ara —digué— parla'm de tu. Has estat amb l'home de la barca?

—Sí. És Cap de Panotxa. Jo visc en un poblat de pedra.

—On?

—A prop del riu.

—Com t'hi trobes?

—Cap de Panotxa és valent. I fort. Estic segur que t'agradaria conèixer·lo.

—El coneixeré.

Isa va parlar molta estona de Paul. El boiximà l'escoltava en silenci.

—Voldria —va concloure Isa— que Cap de Panotxa vingués a viure amb tu. Aleshores jo seria feliç.

—Has parlat de Cap de Panotxa, només de Cap de Panotxa —digué Pao—. I tanmateix m'has dit que vius al poblat dels blancs. Què és el que m'amagues, Isa? Per què no em parles també dels altres?

—Repetiria sempre la mateixa cosa, les mateixes paraules. Els altres són com els swazi. Em menyspreen.

—Que no ets blanc com ells, tu?

—Sí, però ells em diuen negre, cafre. Cada gest que fan,

cada paraula que diuen, són contra mi. Per a ells sóc un swazi. Per als swazi, un blanc. Però tant per als uns com per als altres no sóc res. Sóc un «orzowei», un trobat.

—Això que em dius és greu. Ningú no t'estima, al poblat?

—Només Cap de Panotxa.

—Qui s'ocupa de tu?

—Ell.

—M'has dit que ell se n'ha anat...

—Ara se n'ocupa Anna.

—Parla'm d'ella.

—Em dóna de menjar, em fa el llit, que així anomenen ells el jaç, i em...

—Digues, continua.

Isa va acalar el cap. Li feia vergonya dir que s'havia hagut de treure la pell de la gran pantera.

—Em renta i em prepara els vestits. Me'ls he hagut de posar, Pao. Cap de Panotxa així ho ha volgut.

—No tens per què avergonyir-te'n. Són els costums de la teva gent. On et fa dormir la dona?

—Amb els seus fills.

—I em dius que et menysprea?

—M'atén en tot, ja t'ho he dit. Però no em parla com tu, no m'acaricia com fa amb els seus fills. Pao, no vull tornar amb els blancs. No em volen. Per a ells sóc un «orzowei». Deixa'm quedar amb el petit poble.

—Qui et diu que el petit poble no et tractaria també com un «orzowei»?

—Tu has demostrat que no; tu i els teus amics.

—Tu tens fe en nosaltres perquè aquí ets, o et sembla ser, feliç. Has provat de tenir fe en els blancs? Què has fet perquè no et diguin més «orzowei»?

—He fet tot allò que ells m'han dit.

–No n'hi ha prou, Isa. Has de ser tu que has de començar a estimar. L'estimació genera estimació.

–Què haig de fer, doncs?

–Torna amb els teus i estima'ls.

–Em treus?

–No. I tu ho saps.

–Quan podré tornar amb tu?

–Vindrè jo a trobar-te.

–Tu?

–Sí. I et vull veure feliç.

IX

—On has estat?

Isa es va girar en rodó.

Havia esperat expressament la nit perquè no el descobrissin; havia entrat sense fer soroll a casa d'Anna, però...

—Vine aquí —va dir la dona.

Isa s'hi va acostar.

—No m'has preparat ni els pantalons ni la camisa. Tinc fred, així.

La dona es va treure el mantell de llana, un gran mantell de color marró que duia sempre a la nit, i el va col·locar amb cura sobre les espatlles del xicot.

—No te n'has d'anar més sense dir-ho. Fa dos dies que t'espero. Ara vés a dormir, que deus estar cansat.

Isa estava sorprès.

No sabia què dir. Amebais, la nodrissa, l'hauria fuetejat per una escapada així; sempre, és clar, que se n'hagués assabentat.

Va sentir que alguna cosa li vibrava al cor i va anar cap a Anna per abraçar·la.

Però la dona va estendre el braç:

—Vés, que és tard —digué.

L'abraçada no es va produir. Isa va murmurar un bona nit i se'n va anar al llit.

Però no va dormir.

Per què Anna l'havia esperat?

Per què li havia posat el mantell a les espatlles?

Potser perquè l'estimava?

Però, aleshores, per què no l'havia volgut abraçar?

No sabia què respondre.

Es regirà unes hores pel llit i a penes va ser de dia es va llevar.

—Si vols —li digué Anna, que ja estava llevada i preparava el desdejuni—, si vols pots ajudar els homes a descarregar els carros. Van arribar ahir.

Isa ja els havia vist, però no va dir res.

—El lleopard s'ha tornat a veure? —preguntà.

—No. Però continuen fent guàrdia.

—No el caçaran.

—Per què?

—Només Cap de Panotxa podria fer·ho.

—Qui?...

—Cap de Panotxa, el meu amic.

La dona va riure.

—No sabia que Paul tingués un altre nom: Cap de Panotxa!...

—No te'n riguis. Ell és millor que tots vosaltres. Si fos un swazi ja seria un Ring·kop.

—No el pots oblidar! —sospirà Anna.

Isa no va respondre. Va sortir, i se'n va anar cap als carros.

—El cafre ha tornat! —cridà un xicot ros.

George va treure el cap des de dalt d'un carro.

—Ei, tu! —cridà a Isa—. On has estat? Ja ho saps, que no et pots moure sense fer·m'ho saber?

—Sí, que ho sé.

—Si torna a passar tastaràs les xurriaques.

—Ja ho sé.

—Ai, vatua! El que li ha passat pel cap a Paul, només Déu ho sap! Posar·se a la mercè d'un salvatge!...

George, rondinant, va tornar a amagar el cap. Isa se'n va anar fins al capdavall de la fila de carros.

Allà va trobar Philip.

Arrupit a terra mirava al seu davant, immòbil.

Isa se li va aturar arran.

D'aquell rostre picat de verola, amb el nas aixafat i els cabells rogencs davallant rinxolats fins a l'esquena, el que més destacava eren els ulls.

Uns ulls celestials, lluminosos, que semblaven reflectir el cel.

Isa el va observar una llarga estona, sense que el xicot es mogués ni desviés la mirada del punt indefinit a què es dirigia.

—Ets noi o noia? —li va preguntar Isa tot d'una.

Ara sí que l'altre el va mirar.

—I tu qui ets?

—Isa.

—Noi o noia?

—Sóc un guerrer, jo! —respongué Isa inflant el pit.

—Ets blanc?

Abans de respondre va restar un instant indecís, i després va dir:

—La meva pell és blanca, però jo sóc un swazi.

Li agradava dir·se swazi entre els blancs. Aquests temien

els swazi, tot i que els menyspreaven. I tal com entre els de la seva tribu, després de la gran prova, havia cridat que ell era un blanc i els altres uns xacals pintats de negre, ara era feliç dient que era un negre.

Els blancs li deien cafre?

Molt bé, seria un cafre.

—Jo em dic Philip —va fer l'altre—, i m'agradaria ser un guerrer swazi.

Això va desconcertar Isa. Era el primer minyó a qui sentia desitjar de ser com ell. El primer a qui hauria agradat ser un swazi.

—Tu... un guerrer, tu?...

No va saber dir res més. I la seva mateixa confusió el va fer riure.

L'altre el va llambregar amb els seus ullets celestials i Isa va parar de riure.

—Volia dir...

—Si ets un swazi, per què estàs entre els blancs?

—He cregut Cap de Panotxa; i Pao.

—Qui són?

—No coneixes Cap de Panotxa, Paul, el caçador?

—Ah, Paul! Sí, som amics. Es ell qui em va regalar això.

Va aixecar una punta del drap que recobria un cistell, i el morret afuat d'un dic-dic, un antílop nan, hi va aparèixer belant.

—És molt petit —digué Isa.

—Paul diu que encara no té vuit dies. Li haig de donar la llet amb cullereta. Mira, té com una estrella al front. T'agrada?

—Sí. És bonic. Quan te'l va portar, Cap de Panotxa?

—Fa sis dies.

—Així, doncs, ha tornat!

—No. Jo era llavors a la meva factoria. A cinc dies de camí d'aquí.

—I Cap de Panotxa?

—Va tornar endarrere. Anava al poblat del Monrei.

—A què fer-hi?

—No ho sé.

—Per què has vingut aquí, tu?

—Paul va parlar amb el meu pare i amb altres de la factoria. L'endemà vam partir. Abans, però, Paul em va portar l'animaló.

—Per què et va portar el dic-dic?

—Perquè som amics. M'estima molt. Quan no té feina, sempre em ve a veure. I sempre em porta alguna cosa.

Isa estava desolat. El seu amic blanc no l'estimava només a ell. Això l'enfurismava: estava gelós.

Philip va tornar a tapar la bestiola, i després va dir:

—M'agrada el nom que li has posat.

—Què? —preguntà Isa, distret amb les seves reflexions.

—Deia que m'agrada com has anomenat Paul, Cap de Panotxa. És un nom bonic. L'estimes, a ell.

—No ho sé. M'agrada estar amb ell.

—Qui és Pao?

—Un gran guerrer.

—És un swazi?

—No. Un home de les bardisses.

—Del petit poble? Oh, com m'agradaria conèixer-lo!

—Què en saps, tu, del petit poble?

—Paul me n'ha parlat.

—Ah!... Si no tens por, un dia te'l faré conèixer.

—No tinc por.

—Ahir vaig estar amb ell. I em va dir que vindria aquí. Mira: aquest arc, me'l va regalar.

Philip el va agafar i el va observar amb curiositat.

—Saps tirar? —preguntà.

Isa va somriure. Va agafar una fletxa i la va enfilar a l'arc; després va dir:

—Què vols que toqui?

Philip va assenyalar una prima branca d'una alzina.

—Allà!

La fletxa va xiular en l'aire i es va clavar a la branca.

—En saps!

Només va dir aquestes paraules.

Però els seus ulls expressaven una admiració vivíssima.

Era la primera vegada que Isa es veia mirat així. I es va sentir feliç.

—Si vols —exclamà amb goig— te'n puc ensenyar. Aixeca't!

—En un altre moment, Isa.

—Ara. Aixeca't.

—Jo...

—Aixeca't. O cridaré a tothom que ets una nena i que tens por de tocar l'arc. Endavant, vinga!

El xicot no es va moure.

—O és que no ho vols perquè l'arc és meu, d'un trobat?

—No, no és pas per això. És que jo...

—Aixeca't, ara mateix!

Isa es va ajupir i va estrènyer Philip entre els seus braços, intentant aixecar-lo.

En aquell moment el fuet li va xiular damunt del cap i es va abatre contra les seves espatlles deixant-hi una llarga ratlla de sang. S'aixecà tot d'una. I altre cop el fuet el va colpir, aquesta vegada en plena cara. El xicot tentinejà; els ulls se li taparen de llàgrimes; però va serrar les dents i preparà l'arc.

—No, Isa! No!

Una dona es va abalançar cap a ell i es va posar davant de l'home que li havia pegat.

—Ara, si vols, tira! —va dir.

Era Anna. Isa romania immòbil, tremolant de ràbia, amb l'arc tensat. Després va retirar la fletxa i es va allunyar.

L'home que li havia pegat li va cridar:

—Si goses tocar el meu fill una altra vegada, serà la teva fi, bastard!

Durant tot el dia vagarejà vora el riu, rumiant sinistres pensaments de revenja.

Moltes vegades va estar a punt de tornar al poblat per colpir l'home que l'havia fuetejat.

Què havia fet per merèixer un tracte així?

Havia parlat amb Philip; havia volgut ensenyar-li a tirar amb l'arc. I vet aquí com havia estat recompensat.

I Pao encara deia que era ell qui havia d'estimar!

Però com, si havia estat amable i el fuet l'havia colpit?

Es passava suaument els dits sobre la ferida que la prima tira de cuir li havia fet a la cara. Va collir unes quantes herbes i se les hi posà per calmar la coïssor.

Però no hi havia cap herba que pogués calmar la cremor que li bullia dins el pit.

La culpa era de Philip. Era seva i només seva. Perquè no s'havia volgut aixecar.

«Té por de l'arc i de mi. Bé. Faré por a tothom. Ja veuran tots si sóc un «orzowei» o sóc un guerrer, jo. Sí! Tornaré al poblat i ho veuran. Tornaré amb Amûnai i ho demostraré també a ells!»

Bastard!

No comprenia el significat de la paraula, però pel to amb què li havia estat dita, devia significar la mateixa cosa que «orzowei». També els swazi la pronunciaven amb aquella mena de menyspreu.

No; no es quedaria més amb els blancs. Eren igual que els swazi. Només volien la gent de la seva tribu, no pas els trobats.

«Agafaré les meves coses i me'n tornaré a la selva.»

S'ho va repetir centenars de vegades. I quan la decisió va ser ben ferma, va tornar al poblat.

Va entrar a la casa on havia estat amb Cap de Panotxa, es va treure la roba a estiregassades i es va posar la pell del lleopard.

Ja mai més no es posaria els vestits dels blancs.

Se n'anava. Tornaria amb els homes de les bardisses. Eren petits, sí, però tenien el cor gran.

–Isa!

Sota el llindar de la porta hi havia Anna.

–Isa, el sopar és a taula.

–No menjo del teu, jo. I no menjaré mai més res que sigui de qualsevol de vosaltres. Vés-te'n! –digué.

–T'esperem, Isa. És tard i els nois tenen gana –murmurà la dona amb veu dolça.

–Vés-te'n. No vull estar més amb tu.

–Et fa molt mal la ferida?

–No sento res. Vés-te'n i deixa'm estar.

–Com vulguis, Isa.

Anna es va enretirar per deixar-li el pas lliure.

–Quan vulguis tornar, casa meva serà sempre oberta per a tu.

–No tornaré.

–Tu mateix.

La dona es va fer cap a la finestra.

–Eh, Isa; mira!

A l'esplanada hi havia Philip.

Poc abans Isa l'havia sentit cridar algú.

Estava ajaçat a terra. El sol, que era a punt de desaparèixer a la selva, donava reflexos de foc als seus llargs rínxols.

Tenia entre els braços alguna cosa que bellugava. Era el dic-dic. Philip aleshores va cridar i de la casa del costat un home va sortir corrents. Es van dir alguna cosa i després l'home, ajupint-se, va aixecar el noi. En aquell moment la manta que cobria les cames de Philip va caure.

Isa va quedar petrificat d'estupor.

Philip tenia una sola cama.

—Per això aquest matí no s'ha aixecat —murmurà Anna com si parlés per a ella mateixa—. I prou que li hauria agradat fer-ho. Quan tu te n'has anat m'ho ha explicat tot. I ha plorat molt. El seu pare es pensava que l'estaves maltractant.

—Quan li va passar? —preguntà Isa.

—La cama? Fa molts mesos. Deu o dotze. Portava el menjar al seu pare i als homes del camp, i una serp el va mossegar. El metge va aconseguir salvar-lo, però la cama la van haver de tallar.

—Per què no m'ho ha dit?

—No ho diu mai a ningú. Però avui somreia quan estava amb tu. Des del dia de l'accident que no parla mai amb ningú, llevat de Paul i dels seus pares. Li fa por que els nois l'escarneixin i que els grans el compadeixin.

—Però el seu pare m'ha fuetejat!

—No era la seva intenció. Ha plorat.

—El... el puc saludar? Li regalaré una fletxa. Estarà content?

—Em sembla que sí. L'anirem a trobar demà al matí.

Anna li va allargar la mà. Isa hi recolzà la seva, temorós. Per primera vegada a la vida sortia agafat de la mà, com un infant acompanyat de la seva mare.

Per primera vegada provava la més dolça sensació de què un xicot pot gaudir.

—Ep, allà! Què passa?

El crit va fer saltar Isa del llit.

Se sentiren crits i passos precipitats. I, després, dues descàrregues de fusell.

Isa es va acostar a un home que hi havia apostat darrere una tàpia.

—Què passa? —preguntà.

—El lladre és a l'estable de Hangens, el del fons de tot.

El lleopard havia tornat.

Isa es va aproximar furtivament a l'estable, com només ell sabia fer entre tots aquells homes, i va mirar.

L'única vedella que hi havia, jeia degollada i escorxada sobre la palla, però el lleopard no hi era.

Isa va flairar l'ambient.

La fera es devia haver amagat en algún racó. Se sentia la seva ferum.

Calia esperar.

Ben a prop de l'estable, una alzina s'alçava majestuosa.

Isa s'hi va enfilar i va esperar.

Van passar hores. Llargues, enervants.

Els homes havien rodejat l'estable i havien encès fogueres.

No, no eren pas bons caçadors. No sabien esperar. Isa romania sempre quiet i amb l'arc a punt. Estaria així, si convenia, fins un dia sencer.

La selva li havia ensenyat que la paciència és la primera de les armes. Només qui és pacient hi venç.

Els homes se'n van cansar.

Un d'ells va cridar alguna cosa. El lleopard rugí.

Van tornar a cridar i van apagar els focs.

Isa esperava.

Va veure com els homes s'amagaven darrere els matolls que flanquejaven el carrer, mentre dos d'ells s'apropaven al seu arbre. Amb una corda van lligar al tronc, després d'haver·lo tret d'un sac, un animaló que gemegava desesperadament.

«El dic·dic de Philip», murmurà Isa.

–Anem, de pressa! Digué un dels dos.

–No es deixarà anar?

–L'he lligat bé. Anem, ara!

«Una trampa», pensà Isa, «una trampa per a la gran pantera!»

Els bels de l'animaló es feien cada vegada més insistents i queixosos.

Havia flairat el perill i intentava desfermar el lligam que el tenia presoner; i cridava que l'ajudessin, que el defensessin.

Per primera vegada Isa va pensar en un animal com en un ésser vivent. La bestiola era allà, tota sola; havia d'afrontar un enemic que amb una sola xarpada el desfaria.

Si hagués estat amb el seu pare i la seva mare, podria encara esperar salvar·se. Ells haurien fet tot el possible per defensar·lo. Si més no, s'haurien deixat esquarterar per salvar·li la vida.

Hauria viscut tranquil, saltironant per l'herba, barallant·se tot jugant amb els altres animalons.

En canvi...

Era ben bé com ell. Sol, sense ningú que l'ajudés.

Però ell, Isa, havia vençut.

Sí, havia vençut, però mai no havia estat lligat a un tronc davant un enemic disposat a matar·lo.

Però l'animaló podia estar tranquil. Allà hi havia Isa. Ell impediria que la gran pantera el toqués. Va lliscar silenciosament tronc avall i es va estirar a terra.

El dic·dic se li va acostar tremolant.

–Calla i jeu! –murmurà Isa.

Com si l'hagués entès, es va arranar al cos del noi i va deixar de belar.

En aquell precís moment una ombra negra va saltar del fosc de la finestra de l'estable i es va cargolar a terra.

Isa preparà una fletxa i esperà.

Li calia estar molt atent.

Amb un sol salt, tot i que de l'arbre a l'estable hi havia més d'una dotzena de passes, la gran pantera podia tirar-se-li al damunt.

Calia que el primer cop fos mortal.

El dic-dic es va moure i va belar.

Alguna cosa vibrà en l'aire.

Ràpid com el llamp, el xicot es va fer a un costat, mentre el lleopard tocava àgilment a terra.

—No tireu! No tireu! —cridà algú—. Hi ha un minyó!

La fera va rugir i va fugir.

Tot havia passat tan de pressa, que només en aquell moment Isa va poder tirar. Pel rugit de còlera i de dolor de l'animal va comprendre que l'havia tocat.

Al mateix temps retronaren unes quantes descàrregues de fusell.

Però la fera ja era lluny.

—Tota la culpa és teva! —cridà George apropant-s'hi.

—Jo ja ho deia —exclamà un altre.

—Però qui és el minyó? —preguntà un tercer.

—El cafre!

Tots el van envoltar.

Isa deslligava tranquil·lament la bestiola.

—Volies demostrar la teva valentia, oi? I has vist el resultat? El lladre torna a estar lliure.

—I pensar que jo el tenia ben a tret del meu fusell!

—Si no hagués estat per tu, a hores d'ara...

—Haurem de continuar fent guàrdia per culpa teva, morros de negre!

—Ja n'hi ha prou —va dir una veu—. Només és un noi, al capdavall!

Isa va aixecar els ulls.

L'home que havia parlat era el mateix que el matí li havia pegat amb el fuet.

Va agafar la bestiola en braços i es va alçar.

—Té —digué—. És d'en Philip; tenia por.

Es va obrir pas entre els homes i es va allunyar corrents en la mateixa direcció en què ho havia fet el lleopard.

—Ei, tu!! Atura't... atura't!

Va tornar l'endemà al vespre.

Trucà a la porta del vell George.

—Què vols? —va dir aquest.

—Té.

Isa va aixecar la mà ensenyant-li el que duia.

—És el cap del lladre. Era borni però ferotge.

El vell el va agafar. La sang s'agrumollava al voltant de la carn fresca.

—Com t'ho has fet?

—El verí del petit poble és lent, però mata. Només cal esperar. La gran pantera ja no tornarà. Adéu!

—Ep, noi, escolta...

Pero Isa era ja a la porta d'Anna i va entrar sense tombar-se.

X

—Isa, et demanen!

El xicot va saltar del llit i va entrar a la cuina.

—Són fora —va dir Anna—; però primer vesteix·te.

—Jo...

—Posa't els pantalons i la camisa. Si no, no surts.

Es va vestir de pressa.

Assegut a l'esglaó de la petita porxada hi havia Philip. Prop d'ell saltironava el dic·dic.

—No portes l'arc?

—No. Si vols, l'agafo.

—M'agrada veure'l. I... es pot tirar estant assegut?

—És més difícil, però es pot fer.

—M'ho deixes provar?

Isa va fer que sí. No aconseguia parlar.

Quan Philip va tenir l'arc entre les mans, el va observar

atentament i va demanar tot d'aclariments. Isa responia pel que sabia.

Després, va començar a explicar-li com s'usava; i com havia de ser la fletxa; i què s'havia de fer per tocar un cos en moviment; i com s'aprofitava el vent.

Però com que no sempre trobava les paraules en la nova llengua, es va aixecar i va dir:

—Vine. T'ho ensenyaré.

—Isa, jo ... no puc venir —murmurà Philip.

El xicot va abaixar el cap.

No se n'havia recordat.

De cop i volta li va venir una idea.

—Et porto jo. Anirem fins al riu.

—Oh, sí!

A Philip li reien els ulls. Però de sobte es posà trist i murmurà:

—Jo vindria de bona gana, però el meu pare no em deixa venir.

—Per què? —pregunta Isa enseriosint-se—. Potser perquè sóc un «orzowei»?

—No. No em deixa anar amb ningú.

—Te'l pots endur amb tu, Isa —digué en aquell moment una veu.

Els nois es van tombar.

Anna era al portal.

—Jo ho diré al teu pare, Philip. Més tard us faré cridar per Steven. Però recorda, Isa, que ell és com el teu arc. Ningú no ha de fer-li mal.

Isa va assentir somrient. Es va inclinar i va prendre delicadament el company entre els seus braços.

—Estàs bé? —li va preguntar.

—Molt bé.

Van adreçar un somriure a Anna i es van allunyar en direcció al riu.

—Peso molt? —preguntà més tard Philip.

—No. Ets lleuger.

—Tu ets fort. Quan estic amb tu no tinc por.

Isa barbotejà alguna cosa.

Estava content. Hauria cantat d'alegria.

—Saps? —prosseguí Philip—. El meu pare m'ha parlat del dic·dic. M'ha dit que gràcies a tu no va morir.

—És petit, em feia...

No trobava paraules adequades per explicar el sentiment experimentat aquella nit.

—Sí. Em sabia greu veure'l d'aquella manera.

—Quan el meu pare et va fuetejar, jo...

—No recordo pas que m'hagi fuetejat mai.

—Gràcies, Isa. Estic content de ser amic teu.

—Jo també. Ens parem aquí?

—Sí.

A una trentena de passes del camí, una petita clariana interrompia la continuïtat de les grans plantes i dels matollars que vorejaven el riu.

Els xisclets, els piulets, els refilets, els cants, els sons aguts i profunds de cada mena d'ocell es confonien amb els grinyols desordenats dels simis i amb els raucs de les granotes, els xerrics de les cigales i la bonior dels innombrables insectes.

Però els dos nois, asseguts en el sòl encoixinat de molsa, embadalits per l'arc, res no sentien.

Prop d'ells, el dic·dic saltironava per l'herba, despreocupat i feliç.

Durant molts dies la petita clariana va ser la meta de les seves passejades.

I en aquell lloc sobretot es va consolidar l'amistat entre aquells dos nois d'educació diferent i de diferents costums. I Isa, a través de Philip, va començar a comprendre els blancs; mentre que Philip va aprendre a no menysprear mai més els homes de la selva.

—M'agradaria poder·te seguir per la selva i recórrer amb tu tots els camins —digué un dia Philip.

—El gran arbre —respongué Isa emprant el llenguatge figurat dels boiximans— està sempre al mateix lloc. I tanmateix coneix totes les coses i dóna la vida a molts animals; i ni el vent ni l'huracà no aconsegueixen abatre'l.

—No t'entenc, Isa.

—Mira: al poblat Amaora, el meu poblat, un vell Ring· kop no podia caçar més. Li passava com a tu. Les llances dels enemics l'havien deixat així. Però el seu arc va continuar parlant i els cervatells no van deixar de caure. Tu pots ser encara un gran guerrer.

—De debò?

—Sí.

—Doncs ho seré.

Eren dies feliços, aquells dies.

Isa ja no va ser cridat més per treballar i ningú no el turmentava. L'havien deixat lliure per anar amb Philip quan volgués.

Així van passar més de vint dies, fins que Philip va notar un canvi en el comportament del seu company. Quan arribaven a la clariana Isa li donava l'arc i es quedava assegut, absort, al seu costat. Ja no l'escridassava pels cops fallats, ni el felicitava pels encertats.

S'estava allà, indiferent.

Philip se'l mirava sense atrevir·se a dir·li res.

—Isa —li preguntà un matí—, no estàs content de venir amb mi?

—Qui ho ha dit?

—Els teus ulls, ho diuen.

—Els meus ulls no diuen allò que sent el meu cor.

—Què et passa, doncs?

—No ho sé.

—Jo, sí.

—Digues-m'ho.

—Els teus ulls miren sempre lluny.

—I què vol dir, això?

—Tu vols tornar a la selva.

—Pot ser.

—I doncs, què esperes?

—No et vull deixar.

—Bé tornaràs, oi?

—No ho sé.

—Jo no voldria que te n'anessis —digué Philip abaixant la vista—. Voldria tenir-te sempre al meu costat.

—No me'n vaig pas.

—Això no és veritat.

—Sí, Isa. Tu estàs amb mi, però ja no rius amb mi, ja no jugues amb mi. Ja no em crides que sóc una nena quan erro el blanc tirant amb l'arc. Això vol dir que estàs absent.

—No et volia entristir.

—És a dir —prosseguí Philip sense fer cas de la interrupció—, més val que te'n vagis. Però...

Es va decantar cap al company i li va xiuxiuejar a l'orella:

—...però ara farem jurament de ser sempre amics. Tu tornaràs a veure'm de tant en tant, així parlarem i jugarem.

—Què és un jurament? —preguntà Isa.

—Quan un jura una cosa i després no la compleix, mor.

—És donar una paraula, doncs. Una promesa feta als bons esperits.

—Sí. Dóna'm la mà.

Isa la hi allargà. Philip, estrenyent-la-hi amb força, va dir:

—Isa és el meu millor amic. Ho juro pel cel. No l'abandonaré mai, ni tan sols quan em casi. Au, ara et toca a tu.

—Que haig de dir? Les teves mateixes paraules?

—No. Fes-ho amb paraules teves.

—D'acord.

Isa va estrènyer la mà del seu company i murmurà lentament:

—El riu s'eixugarà i la selva esdevindrà desert, abans que Isa oblidi. Philip és el meu germà, i en la meva sang corre la seva sang. El Gran Pare ho sap.

—Però no és un jurament això! —exclamà Philip—. Has de dir: ho juro.

—Per què? Si el Gran Pare ho sap, n'hi ha prou. Isa no abandonarà mai el seu germà. Pao va dir que dient-ho al Gran Pare n'hi ha prou. I quan Isa diu que el riu s'eixugarà i la selva esdevindrà desert abans que ell oblidi, pots estar tranquil, que no oblidarà.

—Està bé. Ara porta'm a casa, i després vés-te'n.

—Tornaré amb Pao. I tu m'esperaràs.

—Vine aviat, però.

Durant dos dies Isa va vagar per la selva.

Se sentia lliure, feliç.

El tercer dia es va dirigir cap a la «ciutat morta» per trobar Pao. Al límit de la clariana, allà on començava el poblat del petit poble, va cridar el reclam convingut.

Però ningú no va respondre.

Va tornar a provar mentre avançava a poc a poc.

Els boiximans no devien ser gaire lluny.

Però res.

Com podia ser que ningú no el sentís?

Es va recolzar en un tronc i es va quedar escoltant.

Però, llevat dels milers i milers de remors de la selva, no se sentia cap altre senyal de vida.

Per això Isa es va deturar.

Allò no era normal. A penes trenta passes més endavant, darrere mateix dels grans arbres que l'amagaven, hi havia el poblat de Pao. Per què ningú no responia als seus reclams? Com era que no el sentien?

De cop i volta, el lladruc d'un xacal i el canvi de direcció del vent li van fer comprendre clarament què havia passat.

Saltà endavant, corrent sense fer soroll.

Abans d'entrar al poblat, es va aturar.

El seu cos, de tan immòbil, semblava una estàtua. Però els narius dilatats, frements, i els ulls que escrutaven per tot arreu, indicaven amb quanta atenció no observava cada cosa.

Els arbustos destrossats, les cabanes sense sostre, els objectes dels boiximans escampats en desordre, tot plegat mostrava de manera ben clara que en aquell lloc s'havia lluitat ferotgement. Pertot arreu es veien fletxes clavades a terra.

Més enllà de l'últim matoll, va veure el primer mort.

El va observar amb atenció.

Devia haver estat un dels guerrers més joves de Pao. Dotze atzagaies li esqueixaven el pit. La seva mà encara estrenyia l'arc.

El cap havia estat separat del cos, d'un cop net.

Isa va examinar el tall.

Un blanc no hauria vist res.

Ell, en canvi, hi va llegir el nom de la tribu que havia fet el carnatge.

—Els guerrers del Gran Rei! —exclamà.

Els zulu eren la família més nombrosa i més forta de la gran raça bantu a la qual pertanyien també els swazi, els pondo, els tembu, els mascona, els xhangaans, els matabele i els barotse.

Els blancs, confonent-se, anomenaven zulu també les altres tribus bantu.

Però per Isa els zulu eren només aquells homes pertanyents a la gran i nombrosa tribu així anomenada i que tenia un sol cap: el Gran Rei. També físicament els zulu es diferenciaven dels seus parents: nas aguilenc, ulls oblics; i eren molt alts.

Però tots, els swazi, els pondo i tots els altres, eren enemics acèrrims dels zulu. O, més ben dit, ho havien estat fins que Txaka, el Gran Rei, després d'exterminar tots els poblats de les diverses tribus bantus, va obtenir-ne la submissió.

Això s'havia esdevingut molts anys abans.

Isa recordava els vells explicant les llegendàries empreses dels terribles guerrers. Recordava que aquells acabaven sempre les seves contalles dient:

—Si ells són els guerrers del Gran Rei, nosaltres som els Antílops de la Selva. Cap d'ells no pot mesurar-se amb un swazi en la lluita; cap d'ells no el pot deturar. El swazi és tan àgil i tan ràpid, que les atzagaies no el toquen mai.

Així ho deien.

Però ell recordava que un dia també els seus poblats foren arrasats; recordava l'entrada de Txaka al seu poblat; aquell Txaka que, amb la seva força i la seva crueltat, s'havia convertit certament en el Gran Rei.

Eren uns fets que havien passat feia molts anys, quan ell no tenia encara nou primaveres. Però recordava els vint guerrers morts d'un cop al clatell, i com el cap del poblat havia estat fet

devorar per les formigues, només perquè havia gosat declarar que els Antílops de la Selva farien sempre allò que voldrien encara que Txaka no ho permetés.

Malgrat tot, Isa admirava els guerrers del Gran Rei. En el seu interior, havia somiat de pertànyer un dia a aquelles hosts. Com tots els fills de la jungla, admirava la força i el valor.

I aquells guerrers en tenien en tal mesura que fins i tot els blancs, malgrat les seves poderoses armes, havien estat més d'un cop derrotats per ells. I la glòria d'aquesta empresa havia estat proclamada de cap a cap de la selva pels tambors del Gran Rei.

Isa va descavalcar el mort i va mirar a l'entorn.

Per terra s'escampaven els cossos dels petits homes. Els seus membres havien estat queixalats pels xacals.

Els va observar un per un.

Cercava entre ells un senyal que li fes reconèixer el seu amic.

En un racó hi havia els cossos de les dones i els infants: una massa informe brutalment amuntegada.

«De l'enemic, no n'ha de quedar ni el rastre»; aquest era el mot d'ordre de Txaka. I era rigorosament complert.

Quan va haver buscat pertot arreu, va entrar a la cova.

Quatre guerrers del petit poble jeien a l'interior. Els seus cossos estaven crivellats de llançades.

En aquell reduït espai es devien haver batut com lleons.

Els observà.

No; cap d'ells no era Pao.

Es va asseure fora.

Estava trastornat per tot allò que veien els seus ulls. Hauria volgut cridar, fugir. Hauria volgut trobar els guerrers del Gran Rei i venjar els seus amics.

Però havia viscut molts anys amb Pao i amb el seu poble.

Havia nascut i crescut a la selva.

I no inútilment.

La selva, la seva tribu i Pao li havien ensenyat que la prudència era la millor de les armes.

Si volia lluitar i prendre venjança, havia d'esperar el moment precís.

Continuà assegut.

Però si el seu cos podia ben semblar el d'un mort, de tan rígids com tenia els membres, el cervell li treballava vivament.

S'havia adonat que els morts del petit poble, sense tenir en compte les dones i els infants, no eren gaires. Al poblat havia vist almenys el triple d'homes aptes per tirar amb l'arc.

Podia ser que haguessin fugit. Impulsivament va girar el cap en direcció al lloc de la matança.

No. Un boiximà, com qualsevol altre habitant de la selva, hauria mort tres vegades abans de deixar que matessin els seus companys.

Pao i els seus homes no devien trobar-se al poblat quan els zulu l'havien atacat. Els homes del Gran Rei no solien agafar presoners. Devia haver passat això: Pao i els altres devien haver anat a caçar i el poblat hauria estat assaltat durant la seva absència.

Ni tan sols li va passar pel cap de cercar el lloc on els enemics havien cremat els seus morts, ni tampoc es va preguntar per què no es veia ni una sola llança dels atacants.

Era una cosa que fins Amebais, la lirona, se sabia de memòria.

El zulu que perdia l'atzagaia en el combat, era mort pels seus mateixos companys.

Txaka els ho havia ensenyat.

I tots ho havien après de seguida.

Un sol exemple havia bastat.

Més de mil guerrers havia fet matar Txaka en un sol matí, perquè havien perdut les seves armes.

Però per què els guerrers del Gran Rei havien vingut?

A aquesta pregunta, Isa no sabia què respondre. Molt temps abans, hi havia hagut llargues lluites. Els vells deien que Txaka volia destruir totes les branques de la gran família bantu. En aquell temps no era difícil trobar un poblat completament arrasat. Però se sabia el perquè.

Més tard, tots es van sotmetre a Txaka i els bantu es van trobar sota un sol cap.

Les lluites més recents havien estat contra els grups rebels i contra els poblats dels hotentots. Però en els territoris de més al sud; no en aquests.

«La selva parla i el sol continua fent llum», es va dir Isa. «I se sabrà per què el Gran Rei ha fet parlar les seves atzagaies.»

Es va aixecar.

Havia decidit.

Cercaria Pao. I es quedaria amb ell.

El petit poble l'havia ajudat i salvat. Ara ell donaria la seva atzagaia i el seu braç pel petit poble.

XI

Errava per la selva des de feia dies, mirant de trobar algun rastre que el dugués a Pao, repetint amb insistència el crit de reclam del petit poble, quan els tam-tam van parlar.

«Txaka és mort! Txaka és mort!...», deien.

El Gran Rei era mort.

Isa va udolar de joia i es va lliurar a una dansa salvatge. Txaka era mort. I Isa cridava com si fossin morts tots els seus guerrers; com si fos ell qui l'hagués matat amb els pensaments de venjança que no havia deixat de tenir.

El brunzit d'una serp el va aturar en sec.

El brunzit es repetí.

No era una serp, sinó un home. L'orella sensibilíssima d'Isa havia copsat que era una imitació.

Es va enfilar dalt d'una branca i es mantingué escoltant.

Els tambors redoblaven encara, repetint el seu fúnebre missatge.

Després ressonà, sinistre, el grinyol d'un simi que havia descobert el seu implacable enemic, el gros pitó, que s'estava immòbil, tan immòbil que es feia difícil de veure'l dalt d'una branca, molt a prop d'ell.

Mentre observava el gran rèptil, va sentir uns passos suaus.

Un jove negre avançava amb cautela. Estava seguint alguna pista, ja que observava el terreny amb atenció i flairava constantment l'ambient.

Era un guerrer. El cèrcol d'or que li cenyia el cap, de cabells untats i en part afaitats, així ho indicava.

Per la manera de dur els cabells Isa havia reconegut que era un swazi.

El guerrer havia fet pocs passos endavant quan el pitó es va moure.

Penjant-se de la branca per la cua, es va deixar anar silenciosament i sobtosament sobre el negre i, en un instant, se li va cargolar al cos.

L'home no va cridar. Intentà agafar la daga que duia penjant d'un costat, però ja tenia els braços immobilitzats per la forta abraçada.

Provava d'alliberar-se fent contorsions.

Però el gran pitó només va deixar anar la branca de la qual encara penjava. En una de les regirades, l'home va mostrar el rostre a Isa.

Era Mései, el nebot del vell bruixot, el company que sovint l'havia apallissat fins a fer-li sang i que sempre l'havia injuriat.

En aquell moment, però, Isa no es va alegrar d'allò que li estava passant al seu antic rival.

No va pensar en tot el mal que Mései li havia fet.

Només va veure en ell un home enxampat per un animal de la selva. I aquesta vegada l'animal tenia les de guanyar.

Va enfilar una fletxa a l'arc i va esperar el moment propici. La lluita entre la bèstia i l'home prosseguia silenciosa, terrible. Però quan el pitó dreçà el seu cap triangular per sobre del cap de Mései, disposant-se a donar-li l'última estreta, Isa va actuar.

Calia ferir de pressa, i de mort.

No podia cridar; distret per la seva veu, l'home hauria cedit un instant i hauria perdut la vida.

La fletxa va travessar un floc dels cabells de Mései i va penetrar a l'enorme cap del serpent que, amb un brunzit semblant al del fuet, va aixecar encara el cap per veure qui l'atacava.

Dues fletxes més se li clavaren. Amb un tremolor convuls, el pitó va afluixar l'abraçada i va caure rígid a terra.

Mései va recollir l'atzagaia i va colpir repetidament, salvatgement, el rèptil per tot el cos. Després es va recolzar en un tronc i va esperar.

Les fletxes havien parlat en favor seu, però ara podien matar-lo.

Eren fletxes del petit poble; i el petit poble era enemic seu.

No va intentar fugir; la lluita l'havia extenuat. Amb l'escut alçat defensant-li la cara, i l'atzagaia a punt de ser llançada, va escorcollar amb la vista a davant seu. Va veure com una ombra lliscava del gran arbre que tenia al davant i es dirigia cap a ell.

—Pots abaixar l'atzagaia, Mései.

—Tu, l'«orzowei»!

—Et meravella que encara sigui viu? Dóna gràcies a la selva que m'ha protegit, ni que només sigui perquè ara t'he pogut deslliurar d'aquesta suau abraçada.

Mései va abaixar el cap.

—No és propi d'un guerrer —digué Mései— deixar-se salvar

per qui no és ni tan sols un portador. Però jo agraeixo a l'«orzowei» que m'hagi salvat.

—L'«orzowei» té un nom —respongué Isa en to aspre.

—El seu nom podria ser qualsevol altre i la gent l'anomena com vol.

—Jo tinc un nom. La meva tribu me l'ha donat.

—La «meva» tribu, deus voler dir.

—També va ser la meva.

—Fins els xacals tenen una casa, alguna vegada.

—Prou, Mései; o el meu arc tornarà a parlar!

—Veig que l'«orzowei» ha trobat una cabanya en el petit poble. Només allà pot estar bé... Sí, allà és un heroi. Si més no en alçada, sobresurt de tothom!...

—Isa viu amb la seva gent. A les grans cases de pedra. I no s'embruta mirant un swazi. I si n'ha salvat un ha estat per compassió dels xacals. La teva sang els hauria enverinat.

—No sabia que els blancs anessin pel món vestits com els swazi i cacessin amb l'arc dels petits homes. O és que també els blancs han foragitat l'«orzowei» perquè no és de la seva mateixa sang?

—Si les teves atzagaies ferissin com les teves paraules, series un gran guerrer. Però tota la força la tens a la llengua, i aleshores... Calma, Mései, que la meva fletxa és més ràpida... i has vist que no erro el blanc. Abaixa la teva atzagaia.

Mései, que havia fet l'acció de llançar-la davant les paraules ofensives d'Isa, va abaixar el braç tot dient:

—Només perquè hi ha el cos d'un pitó entre tu i jo, no la llanço. Però no tornis a temptar la còlera d'un gran guerrer.

—S'han tornat dones els guerrers swazi, que t'han admès entre ells?... Au, Mései, torna al poblat. Els camins de la selva fatiguen i amaguen molts perills. Podries acabar malament...

—Ens tornarem a trobar. I aleshores no hi haurà cap pitó que freni la meva atzagaia.

S'havia allunyat unes quantes passes, quan Isa el va tornar a cridar.

—Un moment, Mései. Volia preguntar-te per Amûnai. Viu encara?

—Per què no el véns a veure?

En el somrís amb què Mései va acompanyar aquestes paraules Isa va llegir l'exquisit plaer que donaria al poblat si hi tornava, i la fi que l'hi esperava si tenia el valor de tornar-hi a posar els peus.

Tanmateix va respondre:

—Això és el que pensava. Fa molt de temps que no he vist el vell Ring-kop.

—T'esperem.

—Vindré.

Vet aquí el colossal baobab, l'arbre sagrat del poblat, al peu del qual el bruixot imprecava els esperits magnànims.

Isa es passà una llarga estona contemplant el poblat adormit. Cada cosa de l'entorn li recordava algun episodi de la seva vida.

Quan la lluna semblà tocar el cim del baobab, ell es va arrossegar silenciosament a través del camp.

Amb un salt va passar el bardissar que delimitava el poblat, i tot seguit es dirigí, ombra entre les ombres, devers la cabanya del vell Ring-kop que l'havia criat.

—Sóc jo —xiuxiuejà mentre entrava.

—Qui és, «jo»?

El vell Amûnai es va alçar del jaç.

—Isa. Mohamed Isa.

—Tu? Entra, entra, de pressa!

—Ja sóc dins.

—Deixa'm veure't, minyó. Oh, no t'hauria pas reconegut si

t'hagués trobat per un camí. Tens els múscul ben forts... Veig noves cicatrius en el teu cos. Ets un guerrer, ara; elles parlen per tu. No... no m'interrompis. Et vull veure bé. Han passat moltes estacions d'ençà que vam menjar junts per última vegada... Parla ara. Estàs encara amb els homes del petit poble?

—No. Fa moltes llunes que no visc amb els homes de les bardisses. Estic a les cabanyes de pedra, amb la meva gent.

—Els blancs et deixen anar encara vestit con un swazi?

—No, Amûnai. Estava neguitós i volia recórrer els camins de la selva.

—No és pas un bon moment.

—Per què?

—Els guerrers del Gran Rei s'han mogut. I un blanc sempre els faria goig. Encara que el blanc sembli un swazi.

—Gràcies, Amûnai; el teu consell és bo. Però un blanc no tremola.

—Un dia estaves orgullós de dir·te swazi!

—Em sento encara swazi, Amûnai. Encara estimo la meva tribu.

—Veig que no has oblidat la gent que et va criar.

—No; però tampoc aquells que em van fer fora no han pogut oblidar.

—Ja ho sé. És per això que el jove Isa no es pot quedar amb el vell Amûnai.

—Ja ho sabia. Mései m'ho ha dit.

—Quan l'has vist?

—Aquest matí. Quan els tambors donaven la notícia.

—Però tu no estàs ferit!

—No.

—...Mései?

—Deu ser al poblat.

—Quan dues panteres es troben en un mateix camí, només una torna al cau. Què ha passat?

—No era el moment.

Isa no va dir que no era capaç de matar un home a sang freda. Li feia repugnància.

I en això, prou que ho sabia, no s'assemblava pas als ferotges guerrers de la tribu.

—Txaka és mort —digué per canviar el tema.

—Que els esperits del mal no l'abandonin mai —imprecà el Ring-kop.

—Per què els seus guerrers s'han mogut?

—Només un kraal s'ha mogut; per fer exercici.

—Han destruït el poblat de Pao.

El vell va restar un moment en silenci, i després va preguntar:

—Quan?

—Avui és la desena vegada que el sol s'aixeca per il·luminar els morts. Has dit que s'han mogut per fer exercici?

—Sí. Un guerrer no coneix les forces si no les prova. És el kraal dels Panteres Roges.

—Sí.

—Han anat cap al riu.

—Sí.

—Què penses?

—Pao no és mort. Era fora a caçar. L'estic buscant. Però molts dels meus amics del petit poble són morts. Els Panteres Roges coneixeran la meva atzagaia.

—Són molts, Isa. Un kraal sencer és massa fins i tot per a un poblat com el nostre.

—Ja ho sé.

—Han occit els homes dels matolls. Què t'importa a tu? No són pas de la teva mateixa sang. Són inferiors a nosaltres.

—Si haguessin occit el meu Amûnai, no l'hauria de venjar?

—És una altra cosa!

—La mateixa. Tampoc ell no és de la meva mateixa sang, i la seva gent són inferiors a nosaltres. Així ho diuen els blancs.

—No podràs fer res.

—Ja ho sé. Però no deuen pas perseguir la gent del petit poble per fer exercici! Els deuen témer.

—Vés amb compte, minyó. Aquests guerrers mereixen el nom que s'han donat. Eren l'orgull de Txaka.

—Panteres contra panteres. Serà una bella lluita. Digues, Amûnai: atacaran també els poblats dels blancs?

—Txaka no ho volia. Les llargues canyes parlen fort. A més, els blancs són lluny del riu.

—Amb quatre salts un lleopard de la riba pot arribar·hi —digué Isa en llengua bòer.

—Què dius?

—Dic que un nyu pot arribar des del riu fins a les cabanyes de pedra en més poc temps que un hàbil caçador no aconsegueix d'enfilar la fletxa al seu arc.

—Com és que els blancs sempre avancen?

—No ho sé. Ja eren allà quan vaig arribar jo. Els Panteres Roges no els tocaran, oi?

—No. Txaka ho havia dit.

—Com són els seus signes?

—El gran escut és pintat com la pell de la gran pantera. Però les taques són vermelles.

—I què mes?

—Tretze franges negres gravades en un angle.

—El tretzè kraal, oi?

—Això mateix. Al centre hi ha pintada la pantera saltant. És el mateix símbol que tenen els altres tres kraals amb els quals estan units: les Negres, les Silencioses i les Astutes. Amb les Roges formen el millor cos de guerrers del Gran Rei.

—Em quedo amb tu aquesta nit. Puc fer·ho?

—Has vist mai un pare que negui la casa al seu fill?

—Gràcies, Amûnai.

A la petita cabanya feia poc que s'havia fet el silenci quan el redoblament dels tam-tam es va tornar a escampar pels aires.

Isa es va asseure sobre el jaç.

—Era d'esperar —comentà Amûnai després d'haver escoltat atentament—. Però no pas tan aviat.

—Per què?

—No es nomena un nou cap abans de la gran dansa.

—Potser ja l'han feta.

—Durant tres nits els guerrers dansen per acompanyar l'esperit del rei. I no ha passat ni un sol dia d'ençà que Txaka és mort.

—Els tam-tam encara redoblaven.

«El gran Dingaan i el seu germà Umhlangana», deien ara, «han alliberat el vigorós poble zulu...»

—Ja ho deia, jo —féu Amûnai—. No era clar. Primer la gran veu parla del rei mort amb...

—Calla. No s'ha acabat.

«...Dingaan és el nou rei zulu. El seu germà, el seu ajudant. Que tots els pobles de la selva ho sàpiguen. Dingaan és el nou rei... Dingaan és el nou rei...»

—Ara ho repetiran fins que les mones i tot ho hagin après —murmurà Amûnai.

—Sí —digué Isa.

—Per a nosaltres res no canvia. Serà sempre el Gran Rei.

—Sí —repetí Isa—, el Gran Rei.

Van fer silenci.

I mentre els tam-tam repetien a tota la selva el nom del nou rei, i els xacals lladraven fora del poblat, el son es va emparar de tots dos.

—Isa, Isa! És l'alba. I els altres són fora esperant·te. Mései és amb ells. He sentit la seva veu.

Isa va saltar del jaç.

—Quants són?

—No ho he vist. He sentit els seus passos. Després, un d'ells ha espiat dintre la cabanya.

—M'han parat una trampa.

—Sí.

Isa es movia nerviosament amunt i avall de la cabanya.

Sabia que no podia comptar amb cap ajuda i que ningú no intercediria demanant clemència en favor seu. Es veia forçat a lluitar ell sol contra tots, en una situació d'allò més desfavorable.

No l'espantava el pensament de la mort. Allò que li feia ràbia era haver caigut en un parany com un animaló i haver d'acabar a l'estaca entre les burles i els escarnis del poblat.

Com l'havien descobert, era, per a ell, un misteri; tampoc no va provar d'explicar·s'ho. Havia anat així; ara el que calia era afrontar la situació.

—Què penses fer? —li demanà Amûnai.

—Lluitaré. Si em volen, hauran de pagar el seu preu.

Va enfilar una fletxa a l'arc i va sortir.

Una gran cridòria va acollir la seva aparició.

Més de trenta guerrers estaven disposats en estret semicercle a una quinzena de passos de la cabanya.

—L'«orzowei» vol lluitar? —cridà un d'ells—. Seria ben estrany!

—Ets capaç de plantar cara?

—Qui t'ha ensenyat a tirar amb l'arc?

Isa escoltava impassible tots el improperis que li adreçaven. Mentrestant mirava de descobrir quin era el punt feble de l'assetjament.

Va arribar Mései. Els guerrers van callar.

—No pots fugir, «orzowei» —digué—. Els meus guerrers vigilen cada un dels teus moviments i el camí és tancat per a tu. Et convé deixar l'arc; seré clement. Però si proves de disparar una sola fletxa, el teu cos servirà de suport a trenta llances.

—Potser tremola la meva mà? —preguntà Isa.

—Qui ha donat valor a l'«orzowei»? —cridà un guerrer—. Potser la seva mare va estimar per una nit el lleó, i això li va infondre la força de la desesperació...

—No! —respongué un altre entre rialles—. És el valor del xacal. La seva mare no podia estimar altra cosa que un xa...

Una fletxa li tallà la injúria a la gola.

L'home va caure sense fer ni un crit.

Immediatament deu atzagaies es van anar a clavar en el lloc on feia un instant era Isa.

Aquest, d'un bot, havia tornat a entrar a la cabanya.

Un segon després un guerrer irrompia a l'interior. Aixecà el braç armat amb una daga, però una fletxa acabà amb tot el seu ardor.

Però, rere el primer, en van arribar d'altres, i Isa es va trobà lluitant contra una dotzena d'homes. Havia abandonat l'arc i es defensava valentament amb el llarg coltell de caça.

Tres vegades les dagues adversàries li van obrir profundes ferides al pit; però ell no amollava.

Tenaçment, saltant d'ací d'allà per l'estret espai, cercava d'obrir-se pas cap a la porta. Però per cada home que tombava, dos de nous se li posaven al davant.

Amûnai romania immòbil en un racó.

Però quan va veure Isa, acorralat a una paret, reprimir amb un esforç la queixa que una gran ferida al tòrax li suscitava, va alçar la daga i va colpir.

No debades era un Ring-kop, un gran guerrer.

I així, malgrat la seva edat, en poc temps va aconseguir buidar el tucul.

—Fes parlar les teves fletxes, ràpid! —digué.

Isa va recollir l'arc i disparà sobre el primer home que provà d'entrar. I sobre el cos del primer, bruelant, rodolava el segon, i el tercer.

Un núvol d'atzagaies va penetrar a la cabanya i es van anar a clavar a pocs pams dels dos homes.

Hi va haver un moment de treva.

A fora, els guerrers s'havien reunit entorn de Mései.

—Com estàs, Isa? —preguntà Amûnai.

—Un lleó no seria pas més fort que jo en aquest moment.

—I les ferides?

—Són esgarrinxades.

—Fondes, però.

—També tu, Amûnai, en tens unes quantes.

—La meva pell és dura.

—Gràcies per la teva intervenció.

—Era el meu deure. Un contra deu no és lleial. Cap fera de la selva no ho faria. Llevat dels xacals.

—Sí.

—Aviat tornaran. Sents com criden?

—Trobaran el que es mereixen.

—Jo estic a punt.

—Amûnai, si vols, vés-te'n.

—La meva daga té una fulla molt fina i el meu braç no està cansat.

—Gràcies... gràcies, pare!

En silenci van esperar el nou atac.

A fora els guerrers bramulaven i, per damunt de tots, destacava la veu de Mései.

Després, de cop i volta, van callar.

—Ara atacaran —murmurà Amûnai.

Van passar uns segons que els van semblar eterns. Després, el terrorífic udol de guerra va retronar en l'aire. I tot seguit alguns homes van comparèixer a la porta de la cabanya.

La lluita reprengué amb fúria, però els guerrers no aconseguien entrar.

De sobte, alguna cosa va cruixir darrere les espatlles d'Isa i aquest, tombant-se, va veure Sem-huixi saltar per una obertura feta a la paret del darrere.

Isa se li va tirar al damunt i el va ferir repetidament; però un altre home havia seguit Sem-huixi i li caigué al damunt.

Va sentir una punxada de foc; vinclà el cos, i abraonant-s'hi, tombà l'atacant.

Entretant Amûnai, tot i que barrava completament el pas als adversaris, perdia terreny.

D'una sola ferida a la cara li sortia un doll de sang.

Ara tenia Mései al davant, mentre els altres s'apinyaven al seu voltant.

Isa, liquidat l'adversari, es va acostar per descarregar-lo, va sentir com una veu coneguda cridava:

—Compte al teu darrere, «orzowei»!

Es va girar en rodó, just a temps d'evitar la gran llança que un guerrer, per l'obertura de la paret del darrere, li havia etzibat. L'arma li va fregar un braç, que va quedar esgarrinxat, i va anar a clavar-se al flanc d'Amûnai.

—Fuig, Isa, fuig! —li cridà aquest mentre queia a terra.

Mentre corria cap als bardissars que tancaven el poblat, va veure que el seguia un guerrer. Però alguna cosa va colpir l'home, que s'abaté feixugament a terra.

—Fuig, petit «orzowei»! —sentí cridar una altra vegada.

Ara sí que va reconèixer la veu.

Era Amebais, la vella borratxona, la nodrissa, que, fustigant el nombrós grup de guerrers, li estava protegint la fugida.

Va saltar la tanca i va fugir selva enllà.

Abans de continuar es va tombar. Va veure com Amebais queia sense fer un sol crit, ferida a l'esquena per l'atzagaia de Mései.

Aleshores es va refugiar entre l'espessetat dels arbres, mentre els guerrers, bramulant, el cercaven pertot arreu.

XII

–Aigua!... aigua!... tinc set!... set!... Pao! Pao!

Isa tentinejava per l'ample camí dels elefants; avançava agafant-se a les bardisses, a les lianes, arrossegant-se per terra. I li semblava com si tota la selva brunzís, udolés, xisclés tan fort, tan fort, que cada soroll es transformava en un cop sord que retrucava centuplicat en el seu cervell.

Quants dies havien passat des del moment que, gràcies a la intervenció imprevista d'Amebais, havia pogut fugir del poblat? Isa no ho sabia.

Li semblava que havia transcorregut una eternitat des que estava vagant per la selva cercant el riu i el camí que el tornés amb els blancs. Exhaust del tot, s'havia abandonat a terra debilitat per les ferides i per la pèrdua de sang. Però ara un rugit, ara un xiulet, ara l'alè càlid dels xacals que, com si comprenguessin la seva debilitat, se li apropaven sense por, li havien anat donant la força de tornar-se a aixecar i de reprendre la marxa.

Estava arribant al riu. El veia, allà a baix, com s'escolava lentament, plàcidament.

Però la febre li augmentava.

El deliri s'apoderava d'ell.

S'arrossegava endavant sense comprendre, sense veure on anava; llançant-se contra enemics inexistents, cridant, gemegant.

Queia a cada pas.

Després, empès per la febre i pels malsons, es dreçava fent grans riallades; gesticulava en el buit, feia esses i tentines, avançava un tram fins que tornava a caure.

Altre cop dempeus; altre cop estirat sobre el sòl encatifat de molsa o entre les espines de les bardisses baixes.

Dues hienes el seguien pacientment, esperant el moment apropiat perquè aquell cos extenuat per la febre es convertís en una presa fàcil.

I les seves rialles es burlaven d'aquell procedir de foll.

Finalment era al riu.

S'arrossegà fins a submergir el cap a l'aigua. Aquesta li tornà la claredat de pensament.

No devia ser gaire lluny del poblat dels blancs, si no s'equivocava.

Va arrossegar el cos lentament, amb fatiga, fins a l'aigua; en prendre-hi contacte va tenir un llarg calfred que el va emmenar a retirar-se'n.

Però en aquell moment una atzagaia li va passar arran d'espatlla.

Es va tombar i va veure Mései corrent cap a ell, seguit de tres guerrers.

—És ell! És ell! —cridava Mései.

Arreplegant, amb un esforç desesperat, totes les energies,

es va posar a nedar seguint el corrent del riu. No sabia cap on anava, ni l'importava.

Veia només el rostre satisfet de Mései, el seu enemic, que ja era a punt d'atrapar·lo.

Sí, el jove guerrer nedava ràpidament cap a ell, seguit dels seus companys.

Però Isa no veia els altres. Per a ell només hi havia Mésci.

Tenia molt de fred. Un tremolor convuls l'havia envaït.

Tot i això, els seus braços tallaven amb força l'aigua, mentre els peus, rítmicament, li donaven velocitat.

Però ell no se n'adonava.

Després va sentir cridar Mései, però no va entendre les seves paraules.

Va provar d'anar més de pressa.

Si s'hagués tombat hauria vist com els seus enemics assolien la riba i s'endinsaven a la boscúria.

Alguna cosa es va moure prop d'ell i va sentir el cop sec, característic de les mandíbules tancant·se en el buit.

Però no se sobresaltà.

«Són millors els cocodrils», pensà, «que Mései!»

Quan, però, per segona vegada va sentir batre les potents mandíbules dels habitants del riu tan a prop seu va creure, per un instant, que l'havien mossegat; aleshores va intentar desesperadament assolir la riba.

Els gran rèptils li barraven el pas. N'hi havia pertot arreu. Al centre del riu, darrere d'ell; o a la riba immòbils sota el sol, a punt, però, de cabussar·se així que el veiessin.

Si la febre no l'hagués enganyat, ell no hauria anat mai a nedar en aquell lloc.

No era perquè sí que aquell tros del riu l'anomenaven la Fossa de la Mort.

Ningú no havia aconseguit mai de travessar-lo per aquell punt on, sense discussió, regnaven els cocodrils.

El perill li havia fornit noves energies.

Però no podria resistir gaire.

Ho pressentia.

A cada nova braçada que feia, els seus braços esdevenien més feixucs, i cada cop obeïen amb més fatiga el seu desig de fuga.

El cercle s'estrenyia més i més.

Aviat el seu cos seria disputat per l'horda famèlica.

No ho podria pas contar.

Va ser aleshores quan va sentir, molt a prop seu, un tret de fusell.

Després dos, tres, quatre trets.

Va veure com alguns cocodrils es contorcien en l'espasme de la mort, donant furioses cuades a l'aigua.

Però els altres continuaven acostant-se-li.

Cridà. I li semblà que ho feia algú que no era ell.

Els trets es feien cada cop més freqüents, cada cop més propers.

Va aixecar el cap i va veure una barca. Des de dintre, alguns homes, posats dempeus, disparaven.

Algú el va agafar pels braços. Se sentí estirar fora de l'aigua mentre una nova descàrrega de trets s'abatia sobre el més audaç dels rèptils, que havia intentat retenir-lo per a ell.

Quan va tornar a obrir els ulls, no es va adonar, al primer moment, d'on es trobava, però aviat va reconèixer el llum que penjava de la paret del davant.

Era a casa d'Anna.

Cridà.

—Tens set? —li va demanar Irghin acostant·s'hi.

—No. Vull veure Anna.

—Ara la crido. Mare! Mare... Isa s'ha despertat! Corre!

Al cap d'un instant la dona era al seu costat.

—Com te trobes, minyó?

Isa la va mirar als ulls. Va allargar una mà com per acariciar·la, però es va aturar.

Anna la hi va agafar delicadament i la va estrènyer entre les seves.

—Descansa —digué—. Has estat molt malament.

—Els cocodrils ja no hi són, oi?

—No. I tampoc aquell Mései que tanta por et va fer.

Isa va somriure.

—Devia estar molt malament, que arribés a fer·me por. Qui em va pujar a la barca?

—Uns homes que tu no coneixes. Però ara descansa. Et prepararé alguna cosa calenta i després m'ho explicaràs tot.

—I Philip?

—Ja el cridaré. Però ara descansa.

—No em deixis anar la mà. M'agrada adormir·me així.

Es va despertar més tard.

Anna no era al seu costat.

A la casa no se sentia cap soroll.

Als peus del llit hi havia el seu arc i la pell de lleopard tacada encara per la seva sang i la dels seus enemics. Es va asseure.

Les benes que li cobrien el pit i les espatlles li feien una impressió horripilant. Li semblaven lligams posats per empresonar·lo.

Va enretirar la roba del llit i va provar d'aixecar·se.

Les cames li tremolaven i es vinclaven sota el seu pes; la vista se li enterbolia i l'estómac se li regirava.

Es traslladà a poc a poc a la finestra. Va obrir els finestrons i va mirar a fora.

En tota la gran esplanada no es veia ni una sola persona.

Davant de la casa de George hi havia un carro, però els bous n'havien estat deslligats.

Només el sol, que cremava amb violència, animava la plaça. Semblava com si per art d'encantament tothom hagués abandonat el poblat.

Sobre rústegues cadires, a l'ombra d'un porxo, hi havia abandonats una labor de cosir, un atuell de cuina, un xal.

Alguna cosa passava.

Però no li arribava ni una sola remor, llevat d'un brogit llunyà com un tro remot o un arrossegar de llaunes.

Devien haver passat poques hores des de l'alba.

Més tard, el brogit va augmentar d'intensitat. Semblava el plany de la selva sota els cops de vent violents.

Ara se sentia, cada vegada més clar, el grinyolar de molts carros en moviment i les veus dels homes atiant els animals. I els crits, les ordres, les rialles, els cants d'una multitud que s'acostava.

Poc després el terra va retrunyir sota el trepig de nombrosos cavalls i les veus dels homes ressonaren a la plaça.

Al primer grup, d'una cinquantena de genets que ja estaven desensellant els animals, es va unir poc després un segon grup i després un de tercer.

Alguns homes, entre els quals Isa va reconèixer gent del poblat, van guiar els cavalls cap a un ample camp que d'altres homes ja estaven delimitant.

Isa s'ho mirava tot amb atenció.

Era la primera vegada que veia un estol de genets tan nombrós. Anaven tots armats. Les llargues carrabines brillaven sota els raigs del sol.

Es van reunir en grup i es van asseure a terra, a l'ombra de les alzines o de les cases, esperant la resta de l'expedició.

«Han vingut per defensar el poblat del kraal dels Panteres Roges», va pensar Isa.

Durant la seva absència els Panteres Roges podien haver fet alguna cosa que hagués empès els blancs a demanar reforços.

No sabia si era realment això el que havia passat.

Però, si no era així, per què tots aquells homes armats?

I per què no havien cridat els soldats?

Quan va arribar el primer carro va comprendre que s'havia equivocat.

Els homes anaven amb les seves famílies.

En un moment, la plaça es va omplir de dones.

Vells, joves, criatures; les mares amb els menuts en braços, o arrapats a les faldilles, tan arrapats que fins i tot els impedien els moviments.

I tothom parlava.

Tothom al mateix temps.

Reien, sospiraven, cridaven.

Era com si tots els habitants de l'aire s'haguessin citat a l'esplanada. Xiscles aguts, suaus, tenebrosos, refilets profunds, dolços, tendres, roncs, es barrejaven amb la cridòria dels infants, amb els plors dels menuts, amb els mugits dels bous, amb els crits dels homes.

Isa va veure Anna parlant nerviosament, rient i plasentejant amb una dotzena de dones forasteres, mentre Irghin gesticulava enmig d'un grup de noies i Steven corria d'ací d'allà amb una colla de vailets.

Van arribar més carros. Més dones en van baixar.

L'esplanada, tot i que molts dels nouvinguts ja havien entrat a les cases, vessava de gent.

Isa no veia altra cosa que caps, caps i més caps.

«Deuen haver vingut per construir un nou poblat», pensà.

I afanyosament va fixar la vista en els camps propers, però només hi va veure tendes: grogues, marrons, vermelles; fetes amb pells, amb mantes, amb branques, però tendes, tendes, només tendes.

Durant una llarga estona va regnar una confusió total.

Després, els homes es van endur els carros, els infants van seguir els homes, i les dones van quedar mestresses del campament.

Isa estava tan absorbit per tot allò que veia, que no s'adonava que la casa s'havia anat animant. Se'n va adonar només quan va sentir que se li acostaven uns passets lleugers.

Es va tombar i va veure Anna nerviosa al seu costat.

—Què és el que passa? —li preguntà Isa.

La dona provà de fer mala cara i començà a rondinar:

—Per què t'has aixecat? Que no ho saps, que no et pots moure?

Però ho va dir tan de pressa que Isa no va entendre res.

—Al llit! —li manà quan es va haver calmat.

Va agafar el xicot pel braç i el va acompanyar al llit.

—No t'has d'aixecar, Isa. Encara no estàs bo.

—Però què passa? —repetí ell—. Què és, tota aquesta gent?

—Els meus compatriotes —respongué la dona.

—Què?...

—Gent com jo. Bòers.

Li va venir al cap una idea i va afegir rient:

—Són de la meva tribu, m'entens?

Isa va fer que sí amb el cap.

—I on van?

—S'estaran aquí per un poc temps. Després prosseguirem.

—Tu també?

—Sí. Tots.

—Per què?

—Què sé jo! No sé ni on anirem, ni el perquè. Ni els homes no ho saben. O, almenys, no ho diuen.

—Per què?

—Estira't, ara, i reposa.

—Em trobo bé. Vull llevar-me.

—Que ets boig? Vols que agafi el fuet?

Isa va fer que sí.

—Anna, m'he guarit gràcies a tu. Però ara em puc bellugar.

—Però si encara tens les ferides obertes!

—Quan un lleopard se'n va a caçar, torna sempre ferit. Però no espera que les ferides se li tanquin per tornar a caçar.

—No t'entenc. De tota manera, no et mouràs del llit.

Durant tres dies més, Isa va ser obligat a fer llit.

Escapar-se li era impossible.

L'habitació era sempre plena de gent que ell no havia vist mai. Sobretot de dones.

Es posaven a xerrotejar amb Anna i mentrestant l'anaven llambregant a ell de cua d'ull.

Però cap d'elles no se li va acostar.

Només Anna.

De tant en tant entrava algun xicot i se'l mirava amb ulls tan estupefactes que Isa no podia contenir el riure.

Però cap d'ells no se li va acostar.

Només Anna.

Després va venir el metge.

El va examinar bé i, donant-li uns copets a l'espatlla, li va dir: «Ja et pots llevar».

Irghin el va acompanyar.

Enmig dels camps, centenars de carros formaven un triple

cercle. Dintre del cercle més petit s'aixecaven tendes i cabanyes. Un gran poblat.

—Quants són? —preguntà Isa.

—Més de mil persones. Ho deia ahir George, cap a l'altra banda del riu.

—Per què?

—No ho sé. La senyora Grimsk diu que és per culpa dels anglesos. Però jo no em crec la senyora Grimsk. Saps qui és? Aquella dona tirant a grassa que té un fill amb una cicatriu a la mà...

Isa ja no l'escoltava.

Irghin va xerrar una hora repetint totes les xafarderies del poblat.

Després van tornar.

A la matinada del novè dia des de l'arribada de la gran caravana es van avançar, encara llunyans, un nodrit grup de genets seguits d'una seixantena de carros.

Tothom els va anar a esperar.

El primer dia un missatger n'havia anunciat l'arribada.

Molts van anar al seu encontre; d'altres els esperaven al llarg del camí.

Isa estava ajaçat al sol en un lloc apartat.

Durant els dies precedents havia cercat Philip, però li havia faltat valor per entrar a casa seva. A fora no l'havia trobat. Havia anat dues vegades al riu, però havia hagut de renunciar-hi.

Un estol de nois l'havien seguit, observant-lo de la mateixa manera com es mira un monstre de fira. No se'n burlaven només per les ferides encara obertes que li senyalaven el cos.

Els seus salvadors havien explicat com l'havien trobat. I la brama havia corregut entre els nouvinguts i també va sortir a la llum la gesta del lleopard. El «cafre» va ser pintat com un salvatge perillós, amic de la selva i dels seus habitants.

Molts digueren, encara, que era un bruixot posseït pel dimoni.

Raons, aquestes, més que suficients per allunyar·los d'ell, però propícies per desfermar la curiositat dels més joves.

El «cafre» era tractat com un animal estrany.

Però Isa ja no els feia cas. Hi estava acostumat.

Els swazi l'havien tractat sempre així.

Ara, estirat sobre la molsa, totalment desinteressat del fet que nova gent estigués a punt d'arribar, pensava en Pao. S'havia de tornar a posar a la recerca del seu amic. Però encara estava massa feble per marxar. A la selva els Panteres Roges s'estaven exercitant; un nou rei manava la gran tribu. I els tambors no havien parlat més. Senyal de guerra o senyal de pau?

Absorbit pels seus pensaments, no va sentir els crits de joia dels nouvinguts i l'enrenou que pertot arreu s'havia armat.

Només que hagués alçat el cap, hauria vist gent abraçant·se (quants anys havien passat d'ençà que s'havien vist per última vegada?), plorant d'alegria, bescanviant notícies.

Hauria vist un home descavalcar i saludar, amb un gest, els antics habitants del poblat.

L'hauria vist dirigir·se, a bon pas, cap a la casa d'Anna i sortir·ne al cap de poc mirant ací i allà, mentre preguntava a tothom.

L'hauria vist recórrer l'ample camí del riu; endinsar·se pels viaranys de la selva mentre cridava fort el seu nom.

Després l'home va tornar al poblat. Va entrar a la casa de Cap de Panotxa, es va abocar a l'ample finestral del centre i va emetre un udol gairebé bestial, capaç de fer estremir qualsevol que el sentís.

Un silenci profund es va fer entre la multitud.

Els qui no podien veure qui era que cridava així, van empunyar el fusell, a punt de disparar; les dones, esglaiades, van estrènyer els fills contra les seves faldilles.

Aquell udol, aquell rugit d'animal ferit que es llança a l'assalt, va trencar novament el silenci; després es truncà a la meitat i es convertí de sobte en un plany llarg, dolgut.

Isa s'havia posat dret amb l'arc tensat; però quan va sentir aquell lament de gasela moribunda, va arrencar a córrer cap al lloc de la crida tot responent amb el crit agut i insuls de la xibeca.

Era Cap de Panotxa qui cridava.

Havia reconegut la seva manera defectuosa d'imitar el lament de la gasela. Paul no havia aconseguit mai donar-li la modulació justa.

Es van trobar a l'esplanada.

Les seves mirades es van encreuar; van quedar fixes l'una en l'altra.

Després Paul va allargar la mà i Isa la hi va estrènyer llargament.

Aleshores l'home el va estirar cap a ell, en una afectuosa abraçada.

—Què expliques, petit salvatge? —digué esbullant-li els cabells—. T'has fet un home. Ei, què són aquestes cicatrius encara tendres?... No, no em diguis res; vull endevinar-ho... Vas fugir i vas tornar a la selva, oi?

Isa acotà el cap.

—És això, eh?

—Sí, vaig tornar al poblat.

—No ho hauries d'haver fet. Si t'hagués passat alguna cosa t'hauria trobat molt a faltar... No desitjava altra cosa que estar altra vegada amb tu.

Isa va mirar l'home als ulls.

No mentia.

Se li va abraçar, feliç.

—Anem a casa nostra. Parlarem millor —digué Paul.

Un rotlle de curiosos s'havia format al voltant d'ells; Isa, però, no veia ningú.

La seva joia era tan gran, que tot, al seu voltant, li semblava més lluminós, més bonic.

Els altres?... Ell estava sol en aquell moment. Hi havia Paul. Ell i Paul. Ningú més.

A l'habitació van parlar llargament.

De Pao, de Philip, de la gent blanca.

—No —l'interrompé Paul en un moment determinat—, no et menyspreen. Ells encara no t'han comprès; això és tot. Per a ells ets encara un salvatge. Ja veuràs com, quan et coneixeran millor, t'estimaran.

Després Isa va parlar de Mései, d'Amûnai, del coratge de la vella Amebais, dels Panteres Roges i d'allò que els tam- tam havien dit.

Paul va voler conèixer molts detalls sobre els guerrers del Gran Rei. Els seus costums, les seves gestes.

—No, no ens atacaran —respongué a una pregunta d'Isa—. Txaka era amic dels blancs. Hi havia un pacte entre nosaltres i ell. Serà igual per al nou rei.

—Te'n tornaràs a anar?

—Aquest cop vindràs amb mi. Però no amb aquella pell, bergant! Vestit de blanc —i somrigué.

L'endemà tots dos van travessar el riu per caçar.

Una vintena d'homes anaven amb ells.

Es necessitava molta carn per alimentar el miler de persones aplegades al poblat.

Isa havia obtingut el permís per posar-se, sobre els pantalons curts, la pell de lleopard, deixant a casa l'estreta camisa, que, segons deia, li dificultava els moviments.

Ara guiava els caçadors cap al grup de nyus dels quals seguien la pista.

Paul anava darrere d'ell.

Els altres els seguien a una distància d'unes cent passes.

Mentre travessaven una petita clariana, Isa es va aturar sobtosament.

Paul, tot i no comprendre'n el motiu, va imitar el seu exemple. Tenia confiança en el xicot i va indicar als altres que es deturessin.

Van passar uns instants, i després Isa, amb un bot felí, va saltar endavant i va desaparèixer entre el baix matollar.

Si Paul no l'hagués vist moure's, hauria jurat que el xicot era encara al seu costat. No s'havia sentit ni la més petita remor.

Va passar mitja hora bona, i després Isa va tornar a comparèixer, silenciosament, com se n'havia anat.

—Què passa? —xiuxiuejà Paul.

—Boiximans.

—On són?

—Aquí. Pertot arreu.

—Què hem de fer?

—Digues als teus amics que no disparin.

—Hi ha perill, Isa?

El xicot va somriure.

—No. El petit poble és amic meu. Però els teus homes no han de disparar, si no vols que morin.

—Els ho diré.

—Fes-ho de seguida. Els petits homes estan en guerra. Deuen haver sabut què ha passat al poblat de Pao. N'he vist un; porta el signe de la gran lluita. Estan preparats per matar. Vés; explica'ls-ho amb calma. I que no s'inquietin. Que tinguin les armes abaixades. Un sol moviment, i les fletxes parlaran.

Paul es va acostar als homes.

Els va parlar en veu baixa.

Isa els va veure estrènyer-se en cercle i observar atentament els arbres.

Va somriure.

Els boiximans eren a propíssim d'ells, però no dalt dels arbres sinó entre els matolls.

—Cap de Panotxa —digué—, ara faré el crit de l'amistat. Passi el que passi, queda't quiet.

Tot seguit el lladruc del xacal, repetit tres vegades, amb la riallada descomposta de la hiena, s'escamparen sota la volta ombriva de la selva.

Dues fletxes es van clavar a terra a un pam del xicot; un matoll va onejar lleugerament i en va sortir un home.

El seu petit cos era tot ratllat de negre.

S'acostà a Isa.

—Qui ets? —preguntà.

—Germà del teu poble.

—Qui ets? —repetí l'altre.

—Isa, fill de Pao. Ell ho va dir.

—I ells, qui són?

—Els meus germans.

—Què volen?

—Segueixen la pista del nyu. Els seus infants tenen gana.

—Els nyus aviat seran molt lluny. Quan sentiran els laments de les panteres, fugiran com els núvols empesos pel vent.

—Els Panteres Roges són aquí?

—Què saps, tu, dels Panteres Roges?

—He promès al Gran Pare que les meves fletxes es rentaran en la sang dels guerrers del Gran Rei, fins que no seran esborrades les taques de sang deixades pels homes del poblat de Pao.

—Saps moltes coses, tu. Qui ets?

—El teu germà, ja t'ho he dit.

—Mai no he begut a la teva tassa ni he compartit l'antílop amb tu. Però si tu ho dius...

—Mira —va dir Isa ensenyant·li l'amulet que Pao li havia donat—. Això parla per mi.

El boiximà es va postrar als seus peus.

—El meu germà té la sang noble. Que torni enrere amb els seus amics. Ben aviat les fletxes enfosquiran el sol i podrien ferir·lo.

—Aixeca't. Per què t'agenolles?

—Jo no et puc obligar a marxar —va respondre el boiximà sense aixecar·se—, però escolta'm. Pao no voldria que la sang del seu fill taqués la molsa.

—Voldria veure Pao.

—Està seguint el rastre des de fa molts dies. El seu cor està esqueixat. Quan ell parlarà, les fletxes colpiran. Véste'n, ara.

—El meu arc és teu. Deixa'm quedar.

—Jo no puc donar cap ordre a qui és el meu cap. Però et prego que te'n vagis i t'emportis amb tu els teus amics. Els meus germans podrien impacientar·se.

—Bona caça, doncs. Ens tornarem a veure.

—Tu ho has dit. Bona caça també per a tu.

El boiximà se'n va tornar sobre els seus passos i va desaparèixer.

—Què t'ha dit, Isa? —preguntà Paul.

—La pista no porta als nyus. Hem de tornar.

—Però si fins ara seguíem...

—Anirem a un altre lloc. Aquí és a punt d'haver·hi una altra mena de caça...

—No podem continuar?

—No. Digues·ho als altres.

Van tornar molt tard al poblat, només amb quatre dic· dic,

però van parlar del xicot que veia les coses que ells no veien i que era amic del petit poble.

I que «sentia» els animals quan ells no n'havien descobert ni tan sols el rastre, i que els abatia quan ells ni tan sols els havien vist.

Així va anar augmentant la convicció general que Isa era un salvatge i que Paul s'havia equivocat en creure'l un blanc.

—Què penses?

—Res. Espero.

Paul es va acostar a la finestra a la qual Isa es recolzava.

—Creus que els boiximans ja hauran trobat els zulus? —li preguntà.

—No ho sé.

—D'ençà que hem tornat que ets aquí, immòbil... Seu i menja!

—No tinc gana.

Paul va observar el xicot.

—Anem! —digué després.

—Cap a on?

—Cap al riu.

—Però... que no estaves cansat?

—Tinc ganes de sortir a fer un tomb.

—Gràcies, Cap de Panotxa.

—No et faig cap favor. Tinc ganes de passejar.

Isa va somriure. Poca estona abans Paul s'havia estirat al llit amb un sospir de descans.

Van sortir.

Hi havia encara molta gent xerrant al voltant dels focs. Més enllà, al límit del camp, alguns homes feien guàrdia.

Quan van ser prop del riu, Isa es va parar.

—Paul!

—No, no t'hi deixo anar. Encara que hagis dit el meu nom per primera vegada.

El noi va acotar el cap.

—Què esperes, ara? —va exclamar Paul.

—Però... has dit que...

—...que no t'hi deixo anar sol. Però no vull estar aquí per sempre. Au, anem.

Van seguir el curs del riu fins a trobar el gual. Després, enfilant el mateix sender del matí, es van endinsar a la selva. De tant en tant el rugit d'algun carnívor trencava el silenci; o bé eren els crits dels ocells desvetllats pels sorolls imprevistos; o els lladrucs de xacals llunyans.

—Ja hi som —digué Isa aturant-se al costat d'un gran arbre.

—No entenc res —respongué Paul—, però si tu ho dius, està bé. Encara que no veig senyal de lluita per aquí al voltant.

—Aquí no han combatut.

—I doncs?

—No ho sé. Continuem endavant.

—Serà prudent?

—La selva és gran i són molts els seus perills. Però Cap de Panotxa és un ardit guerrer.

—Ja ho entenc. Si digués de tornar enrere no seria un bon guerrer. Endavant, doncs!

Van tornar al poblat a punta d'alba.

—Bon dia, Paul —saludà l'home de guàrdia—. Ja de passeig?

Paul el mirà amb mala cara.

—En torno —remugà.

—Quina nit del dimoni! Hienes i xacals s'han enamorat del campament. Han cridat tota l'estona! —va dir l'home.

—Els podíeu haver tirat branques enceses.

—Per què? No se n'ha acostat ni un. Això que juraria que eren ben a prop. Però no s'han deixat veure.

—Isa, has sentit?...

—Sí.

—Què et sembla? Jo crec que...

—També ho crec jo —respongué Isa. Els ulls li brillaven—. Nosaltres anàvem cap a ells i ells venien cap a nosaltres!

—Així, hem caminat en va tota la nit.

—Però de què parleu? Que us heu tornat boigs? —digué l'home de guàrdia mirant-los amb curiositat.

—No hem dormit —rigué Paul—, i la son ens fa dir bestieses. Què penses fer, Isa?

El xicot no va respondre. Es va portar les mans a la boca i va lladrar tres vegades.

—Si no el veiés —va dir l'home a Paul—, em pensaria que tinc un xacal dins els pantalons.

Isa amb prou feines havia acabat, que un altre lladruc va respondre al seu reclam.

Venia del riu.

—Espera'm, Cap de Panotxa —cridà mentre ja corria cap al bosc.

—I ara on va? —preguntà l'home.

—A veure els seus amics xacals —digué Paul—. I vés amb compte, que te'ls pots trobar a la punta del nas d'un moment a l'altre.

Mentrestant Isa s'havia endinsat a l'espès sotabosc que vorejava el riu.

El reclam venia d'allà. Ara havia de prestar atenció. Els petits homes es riurien d'ell si no aconseguia veure'ls.

Va avançar insegur per un tros, i després es va posar a córrer.

Es va deturar al costat d'un gran matoll.

—Pao! —cridà.

El boiximà va comparèixer. El seu cos era pintat de negre, travessat per franges horitzontals vermelles.

—M'han dit que em buscaves.

—Temia per tu, Pao.

—L'arbre vell no té mai por del llamp.

—Però si el llamp el tomba, què farà l'ocell que entre les seves branques s'aixopluga durant la tempesta o reposa en les nits estelades?

—Ets un bon fill, Isa!

—No sabria viure sense tu.

Es van asseure l'un davant de l'altre.

Durant una bona estona van romandre tots dos quiets, absorts pels seus pensaments. Aquesta immobilitat, i la lentitud mateixa de parlar, Isa les havia apreses de Pao.

«És inútil malgastar paraules quan el pensament no és clar dins el cap», li havia dit Pao una vegada. «A la selva són molts els qui es belluguen i pocs els qui cacen. Un lleopard que udolés tota la nit no trobaria ni un cervatell en milles i milles a la rodona. Només udola quan l'ha trobat i ja no es pot escapar. Això és el que has de fer tu: parlar només quan el teu pensament sigui ben clar i quan sigui necessari que d'altres coneguin aquest pensament.»

—Vaig veure el poblat —digué Isa trencant el silenci—. Et vaig buscar i vaig alegrar-me de veure que no havies caigut.

—Jo, no —respongué Pao—. Hauria volgut ser allà.

—M'han dit que els segueixes el rastre.

—Sí.

—Pero el teu cos és encara pintat. Per què les teves fletxes no han parlat per les dones i els infants?

—Els Panteres Roges s'han desviat del seu camí i el cercle no s'ha pogut estrènyer.

–Cap on han anat?

–S'han unit als altres Panteres: Negres, Silencioses i Astutes, si els rastres no m'han enganyat.

–No, no t'han enganyat. Són el millor regiment del Gran Rei. Els Panteres Negres se n'han endut esclaves les dones del grup de Hoomai. Més de tres-cents homes han vist el Gran Pare. Els Panteres Astutes han fet seguir la mateixa sort al grup de Muser. Els Panteres Roges... ja saps què han fet!

–Les meves fletxes són teves; teu és el meu arc; teva és la meva vida. Si me'n consideres digne, deixa'm lluitar al teu costat.

–Tu has de fer-te un home amb la teva gent.

–Qui em va salvar de l'ajé? Qui em va salvar de la selva ensenyant-me els seus paranys i la manera de vèncer-la? Tinc un deute de sang. I pagaré el meu deute. Però, per sobre de tot, tinc un deute d'amor. Jo també tinc quelcom a dir als guerrers del Gran Rei.

–Gràcies, fill. El petit poble estarà content de tenir-te amb ell. I jo ho celebro.

–Quan reprendràs el rastre?

–Els Panteres són molts i són forts. Molts del meu poble han vist el Gran Pare. Ens hem de reunir tots. Els poblats són molts i llunyans. Passaran molts dies fins que tots siguin avisats. I el sol haurà de sortir moltes vegades abans que estiguem tots junts.

–Quan creus que serà, això?

–A la propera lluna, suposo.

–És molt de temps, això. I els teus, ara, què fan?

–Esperar. Alguns segueixen el rastre sense fer soroll. Els altres, la majoria, esperen a la «ciutat morta».

–Quants sou aquí?

–Tants com dits té la teva mà.

–I què faràs?

—Batre els camins.

—Puc venir amb tu?

—Pots venir.

Van estar una estona en silenci. Després Isa va dir:

—Cap de Panotxa m'espera. El vols conèixer?

—Esperava les teves paraules. He vingut per a això.

Isa va trobar Paul dormint al costat de l'home de guàrdia.

—Cap de Panotxa!

—Què hi ha? —badallà Paul.

—Pao t'espera.

—I no podia venir ell? —remugà mentre s'alçava.

El boiximà restava immòbil allà on Isa l'havia deixat.

—Pao —digué el xicot—, aquest és Cap de Panotxa, el meu amic.

Pao va observar bé l'home blanc, i després va dir:

—Sé que ets valent i hàbil.

—No tant com Pao —respongué Paul mirant als ulls l'home que li parlava—. La fama de la teva intrepidesa ha traspassat la selva i ha arribat fins a les cabanyes de pedra.

—Les primeres cases van veure el meu pas quan encara era jove.

—I molts blancs van conèixer les fletxes del teu poble.

—És la història de tots els pobles que han de cedir les seves terres als nouvinguts.

—Sí, molts es creuen amos despòtics i tracten el teu poble com feres. Jo aleshores era un vailet, però recordo bé quants boiximans van ser morts sense motiu. Només perquè no eren blancs.

—Ets honrat d'admetre-ho.

—És la veritat i no es pot amagar.

—Què en pensen ara els blancs, del meu poble?

Paul va restar pensatiu, i després va dir:

—Potser no t'ho hauria de dir, però tu ho has demanat. Diuen que sou un poble capaç només d'estirar-se al sol després d'haver-se atipat fins a rebentar. Sempre, és clar, que hàgiu aconseguit trobar teca.

—Alguna cosa més?

—Sí. Que cap pensament no pot néixer del vostre cap, perquè el vostre cervell es va tancar al començament dels temps. És a dir, que sou una raça inferior.

Isa es va enfurismar.

—El poble blanc no coneix el petit poble, i per això diu aquestes coses. Els homes del petit poble són millors que els blancs i que els swazi i que tothom. No et permeto, Cap de Panotxa, que continuïs parlant així. Una altra paraula i oblidaré que ets amic meu.

—No —digué Pao somrient—. Que l'home blanc parli.

—No et volia pas ofendre, Pao. Perdona'm si les meves paraules t'han fet mal. Però volies conèixer la veritat, oi?

—Les teves paraules ja m'eren conegudes. Una sola cosa m'ha fet mal: saber que en part són veritat. Ja les sabia, Isa, les coses que diuen els blancs.

—Per què, doncs, em vas fer anar amb ells? —preguntà el noi.

—Perquè són els teus. I m'alegra que siguis amic d'aquest home que no menteix. Entre la teva gent podràs fer una cosa en favor nostre. I serà una gran i noble batalla, Isa. Podràs fer entendre al teu poble que tots som iguals, a fi que no hi hagi menyspreu ni odi. Perquè, tot i diferenciar-nos en el color de la pell, i en la forma dels ulls, i en l'estatura, tenim un cor que és igual per a tots. Nosaltres no som ni inferiors ni superiors a vosaltres. Hi ha qui ha sabut progressar més, hi ha qui menys. Qui combat amb fusell, qui encara amb l'arc; qui viu en cabanyes de pedra, qui a les bardisses. Però per al Gran Pare tots som iguals.

—Ara entenc —digué Paul— per què el teu poble t'ha triat per cap. No haurien pogut trobar, ni tan sols entre els blancs, un savi com tu.

—Ets molt amable.

—Sóc just, i no amable. És la veritat.

Isa, emocionat per les paraules de Cap de Panotxa, mirava Pao amb la boca oberta.

—Jo... —digué quan aconseguí parlar— jo no ho sabia. Perdona'm, oh Pao, per totes les vegades que he gosat acostar-me a tu sense respecte. Però creu·me, mai ningú no m'havia dit que tu eres el Gran Rei del petit poble.

Mentre parlava es va postrar a terra. Havia estat molt de temps al costat d'un Gran Rei sense saber·ho. Ara tremolava tot.

—Que la teva venjança sigui benèvola —suplicà.

—Aixeca't! L'amulet que portes t'ha fet fill del rei. El petit poble en coneix els signes. L'home que se't va agenollar havia llegit just sobre la dent del lleopard. Però el fill no ha de tenir por del pare, només respecte. I tu has estat un fill meravellós. Tu, Cap de Panotxa, tingues cura d'ell quan jo el deixi per sempre. Perquè ell és un blanc, pero sobretot perquè té un cor noble i generós.

—Ho faré —va contestar Paul—. Però podré ensenyar·li ben poques coses. La teva escola ha estat la millor. N'has fet un minyó que serà un home savi i valent. Un gran home, com diem nosaltres.

XIII

—Philip! Ei, Philip!

Isa va córrer cap al seu amic que seia al costat d'un carro.

Havia deixat Cap de Panotxa encara mig adormit, cansat per la llarga caminada nocturna a través de la selva i pels esdeveniments ocorreguts a la tornada.

En efecte, després d'haver·se acomiadat de Pao, amb la promesa de tornar·se a trobar al cap de dos dies, Paul havia anat a parlar amb un home que feia poc havia arribat i que tothom anomenava respectuosament Andries. Havia estat molta estona parlant amb ell; després, de tornada a casa, s'havia ficat al llit. I encara dormia.

Philip va somriure.

—Sabia que havies tornat —va dir.

—He mirat pertot arreu amb l'esperança de veure't, però...

—Podies venir a casa meva.

—No... no em deixen.

—El meu pare no hauria dit res. Ja ho saps, que Paul ha tornat?

—Sí, l'he vist. He estat amb ell. I el dic·dic?

—L'he deixat a l'hort. S'ha fet gros i vol fugir.

—Ah.

—Anem al riu?

—Com vulguis.

—Em deixaràs practicar amb l'arc?

Isa va somriure.

—Em vols encara com a company? —li va preguntar.

—Ets l'únic amic que tinc. Paul és un bon amic, però és gran.

—Els altres nois no vénen amb mi perquè... —acotà el cap i murmurà: —perquè jo no puc córrer com ells.

—Però tu ets més valent que ells. Saps tirar una fletxa i tocar l'objectiu. I coneixes el reclam i el llenguatge del petit poble. Ara aprendràs moltes altres coses. I jo estaré amb tu.

—Sempre?

—Sempre. Ho ha dit Cap de Panotxa. Estaré amb ell, i, per tant, amb tu. Abans, però, haig de seguir un rastre. Però no em durà gaire temps.

—Te n'aniràs altre cop?

—No. Per ara, no.

—Jo no puc venir?

—Em sembla que no. No és una lluita que t'afecti. Tu ets un blanc.

—Tu també.

—Jo no sé que sóc. Sóc swazi, sóc boiximà, sóc blanc. Potser no sóc cap de les tres coses, o sóc totes tres alhora. Vet aquí, sóc com la gran pantera. També ella és una, però el seu

mantell és de tres colors. Així m'anomenaré: «pantera», «àgil pantera». T'agrada?

–Sí. Àgil Pantera... un nom bonic. I jo?

–Tu...

–Llop! Gran Llop, t'agrada?

–Llop s'anomenen els millors guerrers swazi. No t'escauria. Et faré posar un nom per Pao. Ho sabies, que ell és el Gran Rei del petit poble?

–No. I tu?

–A mi m'ho ha dit Cap de Panotxa.

–I ell com ho ha sabut?

–Ho sabia.

–Ara Pao ja no és amic teu.

–Ell serà sempre amic meu. Més encara: és el meu pare.

–Però tu ets blanc, no un boiximà.

–Ell m'ha triat per fill. La dent del lleopard ho diu. Mira.

Philip va observar la dent dels estranys gravats.

–I el teu pare encara és el Gran Rei?

–Sí, encara és el Gran Rei.

–Me'l faràs conèixer?

–El veuré demà i t'hi portaré.

–Estic content, Isa.

–Ara anem cap al riu. Agafa't al meu coll.

Isa es va tombar d'esquena i va sentir com Philip s'aixecava apuntalant-se al carro.

–Llestos?

–Endavant! Som-hi!

–Però...

Isa es va tombar i va veure el seu company dret davant d'ell; es recolzava en dos gruixuts bastons amb una mena de forquetes al capdamunt.

—Què és això? —digué meravellat.

—Crosses. Són crosses que fan caminar qui té una sola cama com si les tingués totes dues.

—Cros... ses? —Isa mirava encaterinat—. I et fan caminar?...

—Anem! —rigué Philip.

Caminava ben de pressa.

Durant dies i dies havia provat a casa. La primera vegada li havia semblat que tot donava voltes entorn seu i si el seu pare no hagués anat més llest a aguantar-lo, hauria caigut.

Després havia fet la primera volta a l'habitació; havia provat a l'hort quan ningú no el podia veure...

Isa estava estupefacte.

Quan es va refer, va picar de mans i va cridar:

—Ets valent, valent, valent!

I es va posar al costat del seu company, que avançava a grans gambades.

—No et sembla que és un bon invent? —preguntà Philip.

—Invent?

—Sí. Una cosa ben feta.

—Molt ben feta.

—Saps qui me l'ha regalada?

—Qui?

—Llegeix aquí.

Una de les crosses duia gravades unes paraules.

Isa ho va mirar, i després va dir:

—No sé llegir els signes.

—Diu: «AL MEU AMIC, PERQUÈ PUGUI CAMINAR SEMPRE ENDAVANT. PAUL».

—Cap de Panotxa?

—Sí. Ha estat ell qui me les ha regalades.

—És un mag!

—Les ha vistes a la ciutat i me les ha portades.

—És difícil caminar-hi?

—No. Te les deixaré provar quan siguem al nostre lloc.

—Oh, sí!

Isa era veritablement feliç.

El seu amic podia caminar amb ell, ara. El guiaria per la selva per fer-li conèixer les coses que l'altre mai no havia vist.

Fins i tot caçarien.

Van vagar per la selva tot el matí. Isa va provar de caminar ell també amb les crosses, però va caure diverses vegades davant les rialles del company.

Aquell dia Isa va menjar a casa de Philip, tot avergonyit, al començament, de trobar-se a taula amb gent estranya. Després la proximitat de l'amic el va ajudar a vèncer la timidesa i, potser per primera vegada, va riure i va bromejar a cor què vols, content d'ell mateix i dels altres.

Més tard, Paul el va venir a trobar.

I mentre parlava amb els pares de Philip, s'anava unint als jocs dels xicots, rient i plaguejant amb ells.

—Ara, anem, granota! —digué, picant amb la mà sobre l'espatlla d'Isa—. Philip ha de descansar i nosaltres tenim feina.

—Ens veurem demà? —preguntà Philip.

Isa va mirar Paul, i aquest va respondre:

—Sí, vindrà amb tu; si el teu pare vol.

—Si vull? És la primera vegada que veig el meu fill riure de cor d'ençà que va passar... el que va passar. I tot el mèrit és del...

Anava a dir «cafre», però la paraula se li va quedar a la gola.

—... d'aquest gran minyó. Des que l'ha conegut, ha tornat a menjar amb bona gana i a preguntar-me si no hi havia res que el pogués fer tornar a caminar. Per això et vaig demanar que li duguessis les crosses. Primer no volia ni sentir·ne parlar. Te'n recordes?

—Sí; havia perdut la confiança en ell mateix.

—Doncs té, aquest xicot —i assenyalà Isa— la hi ha tornada. Beneït sigui! I pensar que un dia el vaig fuetejar!... Sempre que vulguis venir a veure Philip —digué tombant·se cap a Isa—, vine sense pensar·t'hi. La nostra casa és la teva.

Isa, confús, va abaixar el cap.

Aleshores la mare de Philip se li va acostar.

—Et volia dir que vinguessis amb nosaltres i t'estiguessis aquí. Però sé que vols estar amb Paul. El meu marit t'ha dit que casa nostra és també la teva. Jo afegeixo que en aquesta casa tu ets com un fill. Gràcies, estimat minyó, gràcies!

I estrenyent·lo contra el seu pit, el va besar.

Aleshores Isa no va poder resistir més i es va allunyar corrents.

Paul el va trobar plorant.

—Vine —digué—, ens n'hem d'anar. No, no t'eixuguis les llàgrimes. Continua plorant. De vegades va bé. El petó de la mare de Philip ha estat el petó de la teva mare.

Pao els esperava.

—Aquest és Philip! —va dir assenyalant el seu amic.

El boiximà el va observar.

—Una floreta blanca que saltirona com el talp del desert.

—Està content d'anar amb mi!

—Perquè tu estàs content d'anar amb ell. La flor que obre la seva corol·la crida la papallona. Tu l'has acollit i ell ha vingut.

—Et vol conèixer. Coneix les nostres paraules.

—Has estat un bon mestre. Vine, minyó. Apropa't.

Philip va avançar temorosament.

Tot i que davant d'ells es veiés un homenet groguenc mig nu, pintat de vermell i de negre, Philip no podia oblidar que es tractava d'un rei.

I un rei, per a un xicot, encara que sigui d'una raça diferent, encara que no porti mantell, sinó només la tintura sobre la pell nua; encara que, en comptes d'ocupar un tron en una fastuosa sala, estigui assegut entre la fosca vegetació i les columnes de blanc granit siguin només foscos troncs que s'enlairen cap al cel; un rei, doncs, per a un xicot, sempre és un rei.

—Com te dius? —li preguntà Pao.

—Philip.

—Sap tirar amb l'arc i ara aprendrà també a caçar —digué Isa—. Ha après a caminar amb les dues fustes i esdevindrà un ardit guerrer. Què et sembla, Pao?

—Sí —afirmà Pao—, pot arribar a ser ardit com tots els altres. Seu.

Philip es va asseure a terra al costat d'Isa.

—Ara que tornes a caminar —digué Pao després d'un llarg silenci—, continues desitjant estar amb Isa? No t'estimes més jugar amb els teus companys?

—Isa és el millor de tots.

—Aquí, a la selva, sí. Però, i quan sereu altre cop a les cases de pedra?

—Continuarà essent el millor.

Van transcórrer uns minuts més en silenci absolut.

Després Pao va cridar i tot seguit van sorgir dels matolls, cridant, una dotzena de boiximans. Obeint a una nova ordre de Pao, amb els seus arcs van apuntar Philip.

Al noi se li havia esblanqueït la cara i observava, tremolant, Isa. Però no va cridar.

Va romandre assegut al seu costat, confiat; bé que seguint, temorós, cada moviment dels petits homes.

Pao va alçar la mà i els guerrers van desaparèixer.

—Per què no has cridat? —preguntà al xicot.

—Estava segur que no em farien cap mal —respongué Philip—. Si no, Isa m'hauria defensat.

—Tens confiança en ell, i això és molt. Saps tirar amb l'arc, oi?

—Sí. Isa me n'ha ensenyat.

—Mira aquell ocell, dalt d'aquella branca. Té el meu arc.

Philip va agafar l'arma i, recolzant-se en les crosses, es va aixecar.

—La fletxa ha de passar entre les potes de l'animal, sense tocar-lo.

La fletxa va passar entre les potes del papagai, el qual va arrencar el vol, esgaripant.

—Bé. Un lleó, encara que sigui coix, és sempre un lleó. Estic content del teu amic, Isa. —I tombant-se novament cap a Philip va dir—: L'arc és teu. Pao te'l dóna.

Philip es va enrojolar d'alegria i va estrènyer l'arc contra el seu pit com si algú l'hi hagués de prendre.

En aquell moment va arribar Paul.

—El meu cavall és teu, com teva és la meva casa, oh Pao!

—El meu cor és teu —respongué el boiximà—. Parla com el cor et dicti, perquè les teves paraules em fan comprendre que tens moltes coses per preguntar-me.

—Així és. Faré marxar els minyons, però.

—Seran sempre minyons? —preguntà Pao.

Paul el va mirar, estranyat.

Però sobre aquell rostre, tan impassible que semblava tallat en fusta, no va aconseguir de llegir res.

—Què vols dir? —preguntà.

—Seran sempre minyons? —repetí Pao.

—No. D'aquí a pocs anys seran homes.

—Quan el lleopard caça no allunya pas els seus petits. Els ensenya com ho han de fer.

—Però no els puc pas fer conèixer coses que han de quedar en secret.

—Quins homes seran si no els donem la nostra confiança? Sí, seran com els gossos del poblat, que només fan allò que se'ls mana. Si es deixen lliures a la selva, moren.

—Una sola paraula repetida en un altre lloc, oh Pao, posaria centenars de persones en perill i causaria potser sobresalts i desordres.

—Ells no diran res.

—La responsabilitat serà teva, Pao.

—La responsabilitat és d'ells. Si creuen que sabran mantenir dintre el seu cor allò que sentiran, que es quedin. Si no, que se'n vagin.

Paul va mirar els xicots.

No es mogueren.

—Parla, doncs —digué Pao.

—Primer t'haig d'explicar alguns fets que et faran comprendre el perquè de moltes coses. Fa molt de temps, no et sabria dir quant, però em sembla que un centenar d'anys, els primers blancs van desembarcar en aquestes terres. Eren els nostres progenitors. Bòers. Es van atreure l'amistat de les tribus d'hotentots, es van escampar pertot arreu fins als camps més llunyans, i van construir les seves cases. La vida era dura i els perills, immensos. Secades, inundacions, invasions d'animals, lluites contra els salvatges. Però totes aquestes dificultats van ser vençudes. Després van venir els anglesos i se'n van fer amos. Ara, la seva invasió, el seu orgull, el seu menyspreu ens han obligat a abandonar les terres guanyades pels nostres avis. Hem de cercar noves pastures, nous terrenys. L'estació de les grans pluges arribarà d'aquí a cinc mesos. Per aquell temps el grup que veus acampat a prop d'aquest poblat ha d'haver arribat a les noves terres. Andries, el cap d'aquest grup, ha parlat amb mi. Jo haig de buscar el lloc.

—Què vol de mi el teu cap? —preguntà el boiximà.

—Veuràs, els cafres...

—Qui són?

—Els zulu. Ells han estat fins ara els nostres amics. Txaka tenia un pacte amb nosaltres. Però Txaka és mort, segons m'ha dit Isa, i Dingaan encara no ha dit res. Andries ha vist coses que no li agraden. Poblats indígenes sencers han estat abandonats. Per què? Potser hi ha guerra? Què prepara Dingaan? Això és el que el meu cap vol de tu: saber aquestes coses. Jo li he dit que el teu poble és en el camí de la guerra, que els vostres cossos són pintats per atemorir els enemics. Li he parlat dels Panteres Roges. Però Andries ha dit que potser és només una guerra entre vosaltres. Dingaan no atacarà els blancs.

—Dingaan pensa i mana. Però Pao no és Dingaan i no pot conèixer allò que el Gran Rei pensa i mana. Digues al teu cap que jo només sé que els guerrers del Gran Rei han atacat els meus poblats. I que haig de lluitar per evitar la destrucció del meu poble. Tu has de buscar el lloc per a la teva gent. Busca'l. Pao et desitja que sigui un bon lloc; altra cosa no puc fer, jo.

—Els teus homes són a la selva. Ells veuen i escolten coses que nosaltres no veiem ni sentim. Tu els ho podries fer saber.

—Alguna altra cosa?

—La selva és el teu regne. Els camins que la recorren et són coneguts com el palmell de la mà. Quina direcció han de seguir els carros? On podem anar?

—A l'altra banda del riu, als grans turons.

—Per on s'hi va?

—El camí de la set, tocant al gual, és ample. Els carros hi passen.

—Una altra cosa encara, Pao. No fa gaires dies els nostres poblats han estat assaltats. És cert?

—El fum dels incendis es veia de tot arreu i els planys dels ferits es perdien en l'aire. Molts dels teus germans han estat morts.

—Per qui?

—Grups aïllats, em sembla. Els meus homes no han trobat regiments.

—Aquestes notícies —digué Paul tombant·se cap als xicots— no han de ser conegudes al poblat. Gràcies, Pao. No tinc res més per preguntar·te.

—Cap de Panotxa —preguntà Isa—, per què fugiu d'aquells que has anomenat anglesos? Són d'un altre color?

—Són blancs —respongué Paul—. Blancs com tu i com jo. Però parlen una altra llengua; són d'un altre poble.

—Si són blancs no són un altre poble.

—Escolta, els swazi bé són negres, oi?

—Sí.

—Els zulu són negres, oi?

—Sí.

—Però els zulu no són swazi, eh que no?

—No, però són el mateix poble. Altres tribus, però el mateix poble.

—Doncs això passa amb els anglesos. Una altra tribu, però el mateix poble.

Paul va mirar d'explicar, com millor podia, la difícil qües·tió. Va dir encara que els zulu havien combatut els swazi, tot i que eren del mateix poble. Però Isa no se n'acabava de convèncer.

Aleshores va parlar Pao.

—Escolta, Isa. Poden cent búfals pasturar tots alhora en el

petit espai que l'ombra d'un arbre arriba a cobrir? No; per això cerquen una pastura més gran. Però en aquest lloc més gran, que l'ombra de milers i milers d'arbres no arriba a cobrir, hi ha un sol búfal, un búfal que té mil banyes i mil potes. Tots els búfals que se li acosten són vençuts i trets d'allà. Aleshores la ramada se'n va a cercar un nou pasturatge. Així per a Cap de Panotxa i la seva gent. És a dir: l'home blanc fa moltes coses, ha sabut fer i farà encara moltes coses. Però no té cor. No ha sabut estimar. Mira nosaltres, el poble de les bardisses. No hem fet gaires coses. Vivim així, nus, com els pares dels nostres pares. L'única riquesa que tenim és l'arc. En comparació amb l'home blanc, estem privats de tot. Sovint fins i tot de carn. Hauríem d'aprendre de l'home blanc. Però no volem, perquè no volem perdre el cor. Nosaltres som més feliços que ells. Nosaltres mirem al Gran Pare i ell ens ajuda. I cap de nosaltres no deixaria morir de fam el germà, si tenia una sola arrel per poder partir·se amb ell. Ningú no l'expulsaria. Si hi ha un lloc, un de sol, lliure, el germà crida el germà. L'home blanc no ho fa, això. Ha perdut la seva ànima i al seu lloc ha posat les pedres que brillen i els fusells que maten. I amb les pedres paga els seus germans per fer·los esclaus i amb els fusells mata aquells qui no es volen deixar pagar. L'home blanc hauria de venir cap a nosaltres i nosaltres anar cap a ell. Només així, potser, podríem millorar tots plegats.

Cap de Panotxa va acotar el cap.

—Així és —digué—. Ets savi de debò, oh Pao. El nostre poble necessita persones com tu.

—No, el teu poble necessita una sola cosa: tornar a tenir confiança en el germà i estimar·lo. Necessita retrobar la seva ànima.

En aquell moment un home va aparèixer pel camí i es va aturar, panteixant, davant de Pao.

Isa es va aixecar tot d'una. Fins Cap de Panotxa s'havia tombat a mirar·lo.

El cos del boiximà brillava per l'abundosa suor que havia fet que el tint s'escorregués i es barregés amb la pols, donant així a aquell rostre demacrat i adolorit un aspecte diabòlic.

Philip havia tancat els ulls, espantat.

El costat dret de l'home estava esqueixat; només un cop de llança el podia haver obert així. Malgrat una primera lligadura feta de llargues fulles, la sang li regalava cos avall.

Isa va reconèixer amb prou feines en aquella figura Hoomai, el cap del grup que vivia vora el riu.

Els guerrers que eren amb Pao també s'havien apropat i esperaven en silenci.

—Descansa —va dir Pao—. Miraré la teva ferida.

—Han passat moltes coses —respongué fatigosament Hoomai—. Escolta'm.

—Primer mirarem el teu cos, i després escoltarem —repetí Pao—. Descansa.

—Primer escolta'm!

—Descansa.

Hoomai va obeir.

Pao va enretirar les fulles i va observar la ferida.

Va murmurar unes ordres als seus homes i ben aviat li van dur fulles i aigua.

Amb el suc obtingut aixafant les fulles, Pao va untar les vores del llarg tall; després n'hi va posar unes altres al damunt, les hi va lligar ben fort amb la camisa que Paul havia ofert, va fer beure al ferit una infusió d'herbes que portava sempre amb ell i, asseient·se, va dir:

—Ara pots parlar, Hoomai. T'escoltem.

—Avui fa sis vegades que el sol neix des del dia que va passar això que t'explico. Jo, amb quinze del meu grup, seguia el rastre, com tu havies dit. Tot el kraal dels Panteres va caminar llargament fins que no va arribar al peu de les muntanyes de la banda de la gran vall. Al capvespre un altre kraal se'ls va ajuntar.

—Quins signes duia? —preguntà Isa.

—Un lleó sobre fons negre i, a un costat, quatre franges blanques.

—El quart regiment!

—A la nit va arribar un nou grup. El gran escut duia un ajé al centre i vuit franges negres. I a l'alba el grup dels Nyus, amb set franges negres, se'ls va ajuntar. Deixo els altres darrere la pista i pujo a la muntanya. A baix, lluny, al fons de la vall, veig un núvol blanc. Quan davallo, els guerrers del Gran Rei han desaparegut. Leinxi m'assenyalava la selva; s'han amagat. Envio Leinxi a veure què és el gran núvol. Torna quan ja és de nit. El gran núvol són blancs. Blancs que vénen amb els seus carros. Tots dormen durant la nit. L'endemà vint guerrers zulu van a trobar la columna que avança. Però els seus cossos no porten els signes i els seus escuts són blancs.

—El senyal de l'amistat —interrompé Isa.

—Sí. L'escamot arriba als carros. Els homes blancs parlen amb ells. I quan, al vespre, arriben a prop nostre, encenen les fogueres, mengen, canten. I l'escamot amb ells. Després les dones i els menuts es retiren als carros. Més tard els homes els segueixen. Només uns quants romanen al costat dels focs. I l'escamot amb ells. Quan el sol torna a sortir, els carros es mouen. El grup de guerrers del Gran Rei va al davant. Homes blancs els segueixen a cavall. De sobte, una cridòria terrible. Els carros s'aturen; del costat oposat on som nosaltres els zulu ataquen. Els blancs disparen. Units en un fort grup repelleixen el primer assalt. Aleshores m'adono que els atacants no són els kraals que nosaltres havíem seguit, sinó uns altres. La gran vall és plena de guerrers del Gran Rei. La batalla dura moltes hores. Els blancs han fet recular els seus carros i es defensen bé. També ells són molts. Amb ells hi ha els guerrers de les casaques roges. Vet aquí que els Lleons es llancen a l'atac; i de seguida ho fan els Nyus i els Ajés. Molts blancs cauen, ara. Els Lleons, els Nyus i els Ajés els ataquen de costat i els blancs tornen a recular. Però els tres kraals són terribles. Destrueixen. Fins ara els Panteres no es mouen. Udolant, es llancen contra els carros i estossinen les dones i els nens. Tots moren. Quan veig els menuts travessats completament per les llances o abatuts violentament a terra i trepitjats; quan veig això, oblido que només haig de seguir el rastre. També ho obliden els altres. Oblidem que som pocs, i les nostres fletxes parlen. Molts Panteres cauen; sobretot, Roges. Després, alguna cosa em fereix i ja no m'adono de res més. Em desperten més tard els udols dels xacals i els crits dels voltors. La vall és sembrada de morts. Els meus companys han vist el Gran Pare. Ara seran feliços.

Pao no havia parpellejat. Semblava fitar un punt definit per damunt dels arbres.

Però Cap de Panotxa no havia aconseguit dominar els seus sentiments i havia imprecat contínuament contra els bàrbars botxins. Philip tenia els ulls negats de llàgrimes.

—Pots descansar, Hoomai —va dir Pao. La seva cara continuava impassible—. Però primer digues: qui manava els xacals?

Tot el seu odi es va concentrar en la paraula «xacals», pronunciada en un to tan gran de menyspreu, que Isa se'l va quedar mirant sorprès.

No l'havia sentit mai parlar així.

—Dingaan els manava, el Gran Rei —respongué Hoomai—. La gran vall ha vist la seva primera victòria.

—No en veurà cap més —digué Paul.

—Els guerrers del Gran Rei són grans combatents. I Dingaan sap el que vol. La lluita serà dura i llarga.

Pao parlava lentament, absort.

—Dingaan vencerà. Destruirà els blancs i ningú no s'oposarà a la seva voluntat. El seu pla és intel·ligent. Atreure amb estratagemes els diversos grups i destruir-los... Escolta, Cap de Panotxa. Fets nous, sagnants, que han torbat el teu cor tant com han llatzerat el meu, s'han esdevingut. Creus que el teu cap, quan els sabrà, voldrà encara posar-se en marxa?

—Em sembla que sí. Ens cal trobar noves pastures.

—El camí, ja te l'he indicat. Si sento alguna cosa de nou, te la diré.

—És un comiat?

—Si us heu de posar en marxa, aquest és el moment. Més tard Dingaan us barrarà el pas.

—No ens podrem moure abans de deu dies. I ja serà ben just. Esperem un nou grup.

Pao meditià. Després va cridar els seus homes.

—Amb el nou sol sereu a la ciutat morta. Esperareu allà els nostres germans. Hoomai i jo ens quedarem amb l'home dels cabells daurats.

—Però jo... —murmurà Hoomai.

—Ho sé. Però les nostres fletxes no restaran immòbils. Em sembla que serem nosaltres els qui donarem l'ordre d'atacar. Ja no trobarem els Panteres Roges aïllats. Dingaan s'ha mogut, i, amb ell, els seus guerrers. Atacaran. Però qui, sinó els blancs? Els nostres poblats, o són destruïts o són abandonats. Els swazi, els pondo, els tembu, els mascona i tots els altres bantu estan sota el domini del Gran Rei. Ell atacarà els blancs. I aquests són aquí en gran nombre i es preparen a partir. Mira Cap de Panotxa, farem més del que ens has demanat: et seguirem!

Va somriure.

Després, adreçant·se als seus homes, va dir:

–Amoe, Krofir, Simai, repreneu el rastre. Uns altres us seguiran demà. Tots us en podeu anar, ara.

Es van allunyar, els uns per seguir els guerrers del Gran Rei, els altres per dirigir·se a la ciutat morta.

Quan tots van ser fora, Paul preguntà:

–Pao vol venir a les nostres cases?

–Les cases de pedra –fou la resposta– tapen les orelles. Gràcies, però no vinc. Parla amb el teu cap i fes·me saber què decideix. És important.

–Ho faré. Adéu; ens tornarem a veure al nou sol.

–Al nou sol.

XIV

Per primera vegada a la seva vida Philip va anar a caçar.

I potser per primera vegada la selva va veure un noi coix tirar amb l'arc darrere les gaseles.

El xicot era feliç; però molt més ho era Isa, que no cabia a la pell de tanta alegria. I també se n'alegraven Cap de Panotxa i Pao, que havien seguit els xicots en les seves caceres.

Havien passat quatre dies d'ençà que havien escoltat plegats les notícies de Hoomai. Estaven esperant l'arribada de l'últim grup per posar-se en marxa.

Andries Pretorius, el cap de l'expedició, havia ja dictat totes les disposicions per a una partença immediata.

Havia volgut trobat Pao i havia parlat molta estona amb ell. Ningú no va saber mai què es van dir, però des d'aquell dia Pao va ser vist sovint entrar en el carro de Pretorius i romandre-hi llargament.

Mentre els xicots caçaven i els dos homes conversaven asseguts en un ressalt herbós del terreny, un xiulet agut va destacar per sobre de tots els altres sons de la selva, acompanyat tot seguit del lladruc del xacal i la riallada de la hiena.

Pao va romandre immòbil, com si res no hagués passat, però Cap de Panotxa es va posar dret.

—Sí. I el segueixen. El xiulet ho diu. No et moguis. Isa s'està arrossegant cap al missatger.

—Però se'n va en direcció oposada al reclam!

—No et preocupis; trobarà el qui ha cridat el senyal. Ara acosta't al minyó que camina a saltirons i queda't amb ell. Jo vaig cap a Isa.

Paul va obeir.

—Què passa? —preguntà Philip.

—Res.

—Per què Isa se n'ha anat? Qui ha fet aquest crit?

—És un senyal. Esperem.

Van passar uns minuts. Semblaven hores.

Només l'estrèpit escandalós dels ocells, la grinyoladissa dels simis, el toc-toc continuat dels tucans de bec descomunal i el so estrident de les grues mantenint viva entorn d'ells dos, immòbils com estàtues, la presència de la selva.

De cop i volta, Pao i Isa van aparèixer al seu costat. Segueren en silenci. Isa fremia. Per l'expressió de la seva cara es veia clarament que volia parlar.

Però esperava que Pao li ho manés. A la fi, aquest va dir:

—I doncs?

—Era Komien, del grup de Hoomai. Ha dit: Txim·ao del desert no ha estat vist, ni tampoc els altres grups que fan cap a ell. Els homes que hi havies enviat han trobat els Panteres Astutes. Komien els ha vist mentre seguia el rastre. Estaven decapitats.

—Qui seguia Komien ara?

—Un grup de xacals. Ara els està duent enrere. Si aconsegueix que perdin el seu rastre, tornarà amb tu més tard.

—Qui són els guerrers que el segueixen?

—Xacals, ja t'ho he dit.

Isa va acalar el cap.

—Swazi, ha dit. No n'està del tot segur, però diu que la seva vista és bona.

—Swazi? —exclamà Cap de Panotxa, que havia seguit la conversació amb atenció.

—Sí —digué Isa—, Komien diu que porten l'escut del Gran Rei amb l'antílop pintat al damunt.

—Potser Komien s'equivoca —digué Pao.

Però no ho pensava pas així. Ho deia només perquè intuïa el que estava passant en el cor del xicot.

—No, pare —murmurà Isa—. Només unes poques tribus, sobre el seu escut de guerra, porten pintat l'antílop. I aquestes tribus són swazi.

—Això vol dir —comentà Paul— que els swazi s'han unit als guerrers del Gran Rei.

—Són xacals, no swazi! —exclamà Isa amb passió—. La meva tribu no vol el Gran Rei ni els seus guerrers. Els Antílops de la Selva, l'han combatut sempre. Només els xacals han pogut unir-se a ells. Els altres, no!

—Tu ets d'un altre poble —digué Pao— i podries odiar qui et va treure del poblat i et va tractar sempre d'«orzowei». Però el teu cor es generós. Has viscut molts anys amb ells i no saps menysprear-los, perquè has après a conèixer-los. Tu els estimes, com estimes el petit poble i la gent de la teva raça. Això m'omple el cor de joia. Estic orgullós de tu.

—Tu no creus que tots els swazi estan amb el Gran Rei, oi?

—Encara que fos així, això no pot canviar una opinió. Qui

no s'erra almenys una vegada? —I adreçant-se a Cap de Panotxa va dir: —Així, ara els perills augmenten. Dingaan ha revoltat tota la gran gent negra contra vosaltres.

—Sí, sembla que sigui així —respongué Paul.

—Els homes de l'antílop han seguit Komien. Volen saber on s'amaga el meu poble. Es un compte antic, aquest, i el volen liquidar. Però trobaran massa aviat i tot els petits homes!

—Què penses fer?

—Parar-los una trampa. Però necessito els homes del desert. Ara encara som pocs.

—Vols que jo els vagi a cridar? —s'oferí Isa.

Pao el va mirar.

—Ho has sentit —digué—. Els qui hi havia enviat són ara pastura dels grans ocells. Per què t'hi hauria d'enviar a tu, que no ets del meu poble?

—Tu mateix vas dir que jo sóc el teu fill. I com un fill m'has tractat sempre. He caçat amb tu i he menjat del mateix aliment. El meu arc és teu, i també ho és el meu cor.

—Què diu Cap de Panotxa? —preguntà Pao.

—El xicot me l'has confiat a mi perquè jo l'eduqui com un blanc, ja que ell és blanc. Però un home blanc és fidel, i no traeix els amics. Sap mantenir la seva paraula. I Isa ho ha promès. Aquesta caça, com ell l'anomena, l'ha de fer amb tu. Me n'ha demanat el permís. I jo l'hi he donat. Serà la seva última batalla com a home de la selva. Després viurà a les cases de pedra i farà tot el que fan els homes blancs. Però, ara com ara, ell és amb tu.

—Coneixes el camí? —preguntà Pao a Isa.

—Fins a la terra que crema. Més enllà, no.

—Durant tres dies hauràs de caminar per la terra que crema, a les Muntanyes de la set. Dalt d'aquelles muntanyes hi ha Txim-ao.

—Què li haig de dir?

—Parla·li dels Panteres Roges.

—Què més?

—Que Pao segueix el rastre i l'espera a ell. Bona sort, fill.

—Bona sort també per a tu.

A l'alba del sisè dia Isa va deixar darrere seu l'àrida sabana i es va endinsar en el terreny pedregós del desert.

El sol naixia a l'horitzó.

Va aparèixer tot de sobte; semblava un globus encès a punt d'esclatar.

Isa el va observar meravellat.

Poc després, però, la claror enlluernadora el va obligar a caminar amb els ulls tancats. La calor era ja forta.

Es va endinsar per un estret congost de parets extraplomades i agudes crestes.

El terreny era ple de grans còdols cantelluts. Més endavant, una grava petita com grans de blat de moro cruixia estranyament sota l'alenada lleugera del vent.

Durant més d'una hora va seguir aquella canal; després, guanyant una petita altura, va enfonsar els peus a la sorra finíssima de color d'or.

Una bonior contínua l'acompanyava. Semblava com si milers d'insectes el seguissin.

A l'hora de més calor es va aturar als peus d'un grupet d'acàcies que estenien les seves branques resseques a tall d'ombrel·la.

Va estendre damunt d'aquelles branques la pell del lleopard i va cercar aixopluc en aquella ombra. Però la sorra sobre la qual es va estirar cremava com l'aire que respirava.

Enlluernat per la forta calor, va provar de dormir; però la calor i la set li ho van impedir.

Al capvespre, la sobtada lluita entre un serpentari i un escurçó el va fer quedar allà, encuriosit.

L'ocell s'havia llançat inesperadament sobre el rèptil que lliscava cap a unes mates.

La serp es va dreçar davant l'enemic, inflant el coll. Però el serpentari no es va atemorir.

Fent bategar una ala, curta i dotada de protuberàncies òssies que en feien una temible arma ofensiva, la va portar davant seu talment un escut que li protegia les potes i la part inferior del cos.

La serp va vibrar fort. L'ocell continuava immòbil. Dret sobre les seves llargues potes del darrere, semblava una estàtua. Només la cresta li oscil·lava lleugerament.

Amb el bec, corbat i fortíssim, a punt d'atacar, i l'esguard en el rèptil, donava en aquell moment una imatge perfectament demostrativa de la força del poble alat.

De cop sobte el rèptil va atacar.

Un salt; un cop d'ala; un serpenteig.

L'ocell tornava a estar immòbil al seu lloc, preparat per a un nou atac.

La serp vibrava rabiosament.

Novament es va llançar endavant; amb tanta rapidesa que Isa gairebé no ho va veure.

Però amb la mateixa agilitat l'ocell es va fer a una banda, i a l'altra, davant l'enemic.

Si Isa no hagués seguit atentament els seus ràpids moviments, hauria jurat que els dos animals no s'havien mogut de les primitives posicions.

L'atac es va repetir dues vegades més. Després el serpentari va passar a l'ofensiva.

Saltà, reculà, colpí. Es tombà a un costat; a l'altre. Botà

pertot arreu. Els seus moviments eren tan ràpids que semblava no tocar a terra.

Mentrestant amb una ala colpia fortament, repetidament, mentre presentava al dentat verinós de l'adversari l'extremitat de l'altra ala protectora.

Així, mentre el rèptil exhauria inútilment el seu verí mossegant les plomes insensibles, l'ocell continuava colpint.

La serp, atordida, trontollejà; caigué.

L'ocell la va aferrar amb el bec i la va tirar diverses vegades. I quan ja no va tenir més força per tornar-se a aixecar, l'ocell, d'una picada, li va obrir el crani.

I així, poc després, agafada delicadament per la cua, desapareixia en el voraç estómac de l'adversari.

No fou fins que el sol va desaparèixer de cop rere els baixos turons de sorra que Isa va trobar alleujament. L'aire i la terra es van refrescar de seguida, i el xicot s'acomodà amb plaer en la pell del lleopard.

Va excavar una petita cavitat i s'hi va estirar. Ara podia respirar a ple pulmó.

Ni una veu al seu voltant, ni una sola remor, ni un brunzit d'insectes. En aquell moment Isa va copsar la grandesa, la majestuositat i la calma solemne del desert.

Pels seus ulls, envaïts encara per l'enlluernament del sol, van passar visions fascinants, lluminoses, fantàstiques. De mica en mica s'emboiraren, es confongueren i acabaren en un profund son reparador.

Després de tres dies de marxa pel desert va arribar a les Muntanyes de la set.

Les havia vistes ja, llunyanes, blavenques, durant la marxa d'apropament.

Les havia vistes, a l'alba i al capvespre, tenyir-se de porpra sota els raigs del sol.

Ara se li oferien en una visió grandiosa.

Es retallaven, nítides, contra el cel clar, resplendent; el negre dels penyals assolia, segons la profunditat del seu relleu, tonalitats diverses.

Isa va cercar un camí i s'hi va endinsar.

Durant dos dies va pujar i baixar escarpats costers, bo i proferint el crit de reclam.

Una nit un escamot de gossos salvatges afamats el va atacar. Va cercar protecció dalt d'una roca i els va presentar batalla.

La gossada lladrava contínuament als seus peus mentre intentaven arribar fins a ell. S'aturaven només per devorar els cossos dels seus congèneres caiguts; després, udolant sinistrament, intentaven, saltant, de pujar a la roca. Isa va haver de foragitar els més atrevits a coltellades; i amb més d'un, hi va haver de lluitar cos a cos. Fins a l'alba no es van allunyar. Sobre el terreny quedaven només els ossos, ben escurats, dels que havien caigut.

Isa estava exhaust.

Havia de trobar Txim-ao de seguida. Sobretot per sadollar la set que el turmentava.

Feia dos dies que no bevia.

Es va dirigir cap a l'oest. Però si durant la nit havia hagut de lluitar contra els gossos afamegats, ara hauria d'afrontar quelcom encara més terrible que una colla de gossos salvatges.

Una tempesta es va abatre sobre el desert.

El vent, que bufava fort des de feia unes hores, després d'uns moments de treva s'havia revifat amb tanta violència que aixecava en l'aire grans columnes de sorra que s'agitaven vertiginosament sobre terra, xuclant i destrossant tot el que trobaven.

El sol, il·luminant-les, les feia semblar columnes de foc que, de cop i volta, esdevenien terriblement negres.

I el vent les desdoblava, les reunia en un sol terbolí que s'aixecava fins als núvols. Isa, emparat darrere un penyal, mirava amb basarda la fúria desencadenada dels elements.

Més tard, el vent va anar amainant, fins que va desaparèixer del tot. Però l'ambient es va fer sufocant; un vapor lleuger, vermellenc, va enfosquir el cel; la boira, espessint-se cada cop més, el va cobrir i va submergir el desert en la foscor.

Isa va sentir com la sang li bategava fort a les venes, mentre, involuntàriament, gemegava.

Al migdia va començar a bufar un ventet lleuger però roent, que li va provocar un sord mal de cap, somnolència i ganes de respirar.

Les ràfegues de vent es van fer cada vegada més freqüents i el cicló va avançar retronant, brumint, udolant.

La sorra s'aixecava en remolins paorosos. La xafogor continuava creixent, fins al punt de semblar que tot cremava.

Isa, amb la llengua seca i pesant, observava embadalit els remolins que li giravoltaven al davant, mentre l'udol del vent se li havia ficat al cervell. Durant hores va restar immòbil.

Després li va semblar que un monstre, un enorme monstre de foc, amb la boca ben oberta, se li precipitava al damunt.

S'aixecà de sobte, cridant.

El monstre va allargar les grapes, fines, vaporoses, per llepar-lo.

Amb un xiscle Isa va saltar enrere. El monstre es va retirar un moment, però de seguida va tornar a l'atac.

I aquesta vegada Isa va ser tocat de ple.

Es va sentir transportat enlaire, i va veure com la muntanya se li apropava cada vegada més. Ara el monstre el deixaria, llançat, estavellat contra les roques.

Va cridar. Més fort que el vent; més fort que el tro.

Després, quan la muntanya ja era a poques passes d'ell –ja sentia el refrec esquinçar·li la pell–, el monstre el va deixar. Així, sense més ni més.

Es va dissipar en l'aire i el va deixar de bocaterrosa, sortint·li sang del nas i de la boca.

Però vet aquí que un altre monstre va arribar veloçment. Isa el va veure, però no va tenir força per cridar.

El monstre reia i vomitava flames. Reia burlescament, cruelment. Estava a punt de devorar·lo. Després Isa li va veure la cara.

Era la de Mései. Un Mései rioler, triomfant. Però, oh!, el monstre tenia un altre cap. El cap d'una cobra; però no... era el bruixot; o no, un lleopard... Sem-huixi. Però quantes, quantes cares tenia, aquell monstre?

I totes reien, reien, reien...

El monstre volia matar·lo i les seves cares reien. Però, si havia de morir, era millor que ho fes combatent. Es va posar dret. Va cridar desesperadament el reclam del petit poble i es va llançar contra el monstre diabòlic.

Però alguna cosa el va colpir.

Va sentir un fort dolor al clatell i va caure amb feixuguesa sobre la sorra ardent.

–Sóc Txim-ao.

La veu era dolça, suau.

Isa no arribava a entendre com era que es trobava entre els homes que tant havia buscat.

Sentia només un fort dolor al cap i una lassitud per tot el cos.

—Com és que sóc aquí? —va dir.

—T'hem recollit al desert. El vent de foc s'havia emparat de tu.

—El cap... qui m'ha pegat?

—Recorda —xiuxiuejà Txim·ao als homes que tenia al costat. I adreçant·se a Isa va dir—: Sí. T'havíem vist lluitar contra les grans columnes de sorra. És el primer símptoma de la follia. Una mica més, i el teu cos estaria ara sepultat sota l'ardent mantell del desert. Aleshores un de nosaltres t'ha colpejat. A contracor. Que el fill del gran Pao ens perdoni. Però és millor el cop del nostre bastó, que romandre presa del simun.

—Simun?...

—Sí, el gran vent. El vent de la mort. Saps qui sóc, jo?

—Txim·ao. Et reconec. El cap dels poblats del desert.

—Bé. I tu qui ets?

—Per què em fas aquesta pregunta?

—Respon: qui ets?

—Isa. Mohamed Isa.

—Molt bé. Ara n'estic segur. El vent de foc no t'ha dut a la follia. Parla ara. Per què el fill de Pao, el nostre germà predilecte, ha vingut tot sol a la terra cremada?

—M'envia Pao.

—Què vol el savi Pao?

—Ell segueix el rastre i t'espera amb els grups que tu comandes.

—On espera?

—Jo t'hi duré.

—Bé. Demà partirem.

L'endemà a la matinada van tornar els missatgers de Txim·ao i els grups cridats. Les dones i els infants seguien els guerrers.

Ningú no va preguntar res. Només Txim·ao havia demanat contra qui havien de combatre.

—Contra els guerrers del Gran Rei —havia estat la resposta.

S'encaminaren en una llarga fila, aturant·se només de nit entrada. Així dos dies.

Txim·ao va ensenyar a Isa la manera de sadollar la set. Li va mostrar, en algunes profundes clotades, entre extensions vastíssimes d'espart, un fruit gros i rodó com un globus. En va agafar alguns i els va obrir. A l'interior s'hi veia un líquid espès, groguenc.

—Beu —digué—. És l'aigua del tsama.

Era bona, tirant a dolça, refrescant.

—Si tornes al desert, recorda·ho. El tsama hi és la vida.

—Reconec el lloc —digué Txim·ao.

—Som a prop de la ciutat morta. A la seva dreta hi havia el poblat de Pao —va respondre Isa.

—Hi havia?...

—Sí; després van passar·hi els Panteres Roges.

—Són ells els qui combatrem?

—Ells, i tots els guerrers del Gran Rei.

—El sol del desert ha eixugat la punta de les meves fletxes. Tenen set. Beuran sang zulu!

—Calla —murmurà Isa—. No sents res?...

El boiximà es va parar a escoltar.

Després, tombant·se cap a la seva gent, va emetre un llarg xiulet i tots es van amagar entre els matolls.

—Molts homes —digué Txim·ao.

A través del gran matoll on s'havien emparat, van veure avançar guerrers zulu.

Isa va estrènyer amb força el seu arc.

Sobre l'escut dels homes es veia la roja pantera.

Els van passar a propíssim.

Per un bon tros, van caminar entremig del petit poble. Però era tan gran la immobilitat dels boiximans, que els zulu no es van adonar de res.

—Què hi fan aquí? —xiuxiuejà Isa—. Els homes de Pao els haurien d'haver vist.

—Mira —va dir Txim·ao.

Dos homes blancs caminaven entremig de la fila de guerrers. Les seves casaques vermelles estaven esparracades, i no duien armes. Els braços, els tenien lligats a l'esquena.

—Presoners!

—Són del teu grup? —preguntà Txim·ao.

—No els conec. Hi ha molts blancs que no conec. Però és estrany que els guerrers del Gran Rei hagin fet presoners.

—Sí, és molt estrany.

—Què fem, Txim·ao?

—Hem de trobar Pao.

—Han passat els Panteres Roges!

—Pao ens espera.

—Hauria estat un bon cop.

—És un bon cop.

—Què vols dir?

—Quant falta encara per la ciutat morta? —preguntà Txim·ao.

—Cosa de mig dia.

—Bé.

El boiximà va deixar passar encara una estona, i després es va posar a lladrar com un gos del desert.

Immediatament, dels costats del sender van sorgir els seus homes.

En va anomenar sis o set que tenia al costat.

—Els Panteres Roges no s'han de perdre a la selva —els va dir, somrient.

Els homes van assentir, i s'allunyaren.

—Ara som·hi —digué als altres. I va reprendre a bon pas el camí.

A la ciutat morta es van unir als altres grups.

Pao no hi era.

L'últim missatge seu, de tres dies abans, deia que esperessin.

Txim·ao no es concedí repòs.

Va confiar el seu grup a Kamo, un dels vells, i, cridant una dotzena de guerrers, va desfer el camí recorregut.

Isa corria amb ells.

Quaranta milles de camí per a un boiximà són una cosa normal. El verí de les seves fletxes actua lentament, i això fa que hagin de seguir durant molt de temps els animals tocats.

I quan l'animal, com passa sovint, és un àgil corredor, l'han de seguir mantenint la seva mateixa velocitat.

És qüestió d'exercici, de força i de resistència.

Isa hi estava acostumat. De petit per fugir dels companys; després, els anys en què havia estat un boiximà, per caçar.

Van córrer durant cinc hores. Després, un xiulet els va fer aturar. Era Karkum.

—Els Panteres Roges són a prop. Acaben de reprendre la marxa —digué.

—I els dos homes blancs?

—Continuen al centre de la fila.

—Hem d'actuar de manera que visquin.

—D'acord.

Txim·ao, després d'haver pensat un pla d'acció, va explicar-lo bé a tots.

Quan el grup va reprendre la marxa, cada home sabia el que havia de fer.

Més enllà van trobar els altres exploradors. Els Panteres Roges havien estat aconseguits.

Els van seguir fins entrada la nit i, quan es van aturar, cada u se'n va anar per la seva banda.

Isa es va acostar al lloc on eren els presoners.

La seva missió era de protegir·los durant l'assalt i, si era possible, d'alliberar·los.

Havia demanat un lloc en la batalla, un lloc on les seves fletxes poguessin parlar fort.

Però Txim·ao li ho havia negat.

—El que tu has de fer és important com qualsevol altra cosa perquè el nostre cop de mà surti bé. Tu ets l'únic que pot parlar amb els blancs. Jo no ho puc fer.

Quan els zulu es van estrènyer entorn de la foguera per menjar, el lladruc del xacal s'aixecà ben alt en l'aire.

Un lladruc estrany; un lladruc ple d'alegria incontinguda. Els guerrers negres es van aixecar tot d'una, i en aquell mateix moment les fletxes van caure a sobre d'ells.

Passat el primer instant de confusió, els Panteres Roges es van dividir en petits grups.

Les fletxes van tornar a xiular i aquest cop les atzagaies van respondre.

Aviat els udols de guerra i de dolor van ressonar sota la fosca volta de la selva.

Els presoners s'havien aixecat, però no es movien. Quatre homes els vigilaven de prop.

La batalla s'anava desplaçant de lloc. Tal com havien convingut, Txim·ao atreia lluny els adversaris per tal que Isa quedés lliure d'actuar amb els presoners.

Però els homes de guàrdia no es movien.

Aleshores el xicot va actuar. Apartant·se silenciosament,

es va presentar de cara als guerrers i va apuntar sobre el primer. Aquest va caure sense fer cap crit. Els altres saltaren endavant.

Isa es va fer més cap a la dreta i va tornar a tirar.

I així quatre o cinc vegades. Els guerrers es creien envoltats.

En les seves evolucions, Isa es va situar molt a prop dels presoners i els va xiuxiuejar en bòer:

—De pressa! Veniu, de pressa!

Els dos homes no es van moure.

—Reculeu a poc a poc i fugiu camí enllà. M'heu entès?

Van fer que sí.

Isa va reprendre el seu desplegament al voltant dels adversaris. Quan ja no va veure els blancs, va disparar un parell de fletxes més i es va allunyar.

Els Panteres Roges havien estat enganyats.

Va trobar els blancs fugint esverats.

Els va tallar el camí de cop i volta.

Els dos homes es van aturar panteixant. Van mirar-lo a ell i als matolls propers; després un d'ells va dir alguna cosa en una llengua que Isa no coneixia, i inesperadament se li van tirar al damunt com una catapulta.

Però van tancar inútilment els braços i van caure feixugament a terra.

Isa els havia esperat immòbil fins que no foren just a un pam d'ell; aleshores s'havia decantat a un costat.

—Seguiu·me —digué en bòer.

—Qui ets?

—Un amic.

—Què vols de nosaltres?

—Seguiu·me.

Va abandonar el camí i es va endinsar a l'espessa vegetació, seguit dels dos homes.

Txim·ao es va reunir amb ells a la ciutat morta.

Portava les llances de vint homes. Però la lluita havia estat dura. Només quatre dels seus el seguien. Els altres caçaven per sempre a les selves del Gran Pare.

XV

Dos dies després d'aquests esdeveniments (Isa havia acompanyat els dos presoners dels zulu, que eren oficials anglesos, fins a Cap de Panotxa), els bòers es van posar en marxa.

Andries Wilhelmus Pretorius cavalcava al davant de la llarga columna, seguit d'una vintena de genets.

Després d'ells venia el primer carro, tirat per lents i forçuts bous. I darrere aquest, un altre, i un altre. Una filera llarguíssima. Més de quatre-cents carros trontolladissos grinyolaven sobre el sender amb prou feines traçat.

El gran èxode començava. Mil cinc-centes persones sota les ordres de l'audaç Pretorius, l'home que s'havia posat al front d'aquell poble vigorós per alliberar-lo del jou anglès.

Va caldre un dia sencer perquè tots els carros travessessin el riu.

Cap de Panotxa i Pao, amb una vintena d'homes, precedien

el grup d'una bona jornada; la seva tasca era de cercar els millors passos i d'assenyalar qualsevol novetat que hi hagués.

Isa anava amb Philip. Assegut al costat del seu amic, cantava i reia, mentre ressonaven en l'aire els crits guturals dels homes que atiaven els bous.

I així anaven avançant; a la recerca de noves terres, de noves pastures.

Una mica cada dia, lentament.

I les rodes grinyolaven, carrisquejaven, cruixien, botaven, deixant rere seu un núvol gris que es perdia en l'ambient, com si volgués amagar els llocs on aquella gent havien viscut fins aleshores.

Endavant, sempre endavant.

Els bous van començar a donar senyals de cansament i les parades es feien cada vegada més freqüents i més llargues.

Molts rondinaven.

Només Pretorius cavalcava impertèrrit al davant de tot, bromejant, rient; mai cansat de res, sempre vigilant, serè.

Era l'ànima del grup. La seva sola presència galvanitzava els homes.

I anaven avançant. Lentament, però avançaven. Durant dies, dies i més dies.

Ara les rodes s'enfonsaven a la sorra, ara solcaven cremades garrigues, ara aixafaven la molsa molla.

Ara era l'aigua que mancava; ara era la carn; ara era tot.

Però la llarga corrua de carros continuava marxant.

Res de nou. Només el paisatge. Però fins i tot aquest era sempre igual per als seus ulls fatigats.

I va arribar l'estiu que ho cremava tot. Era ben bé com si el sol piqués amb grans maces damunt el cap de cada u. Només les dones semblaven no sentir-se'n. Parlaven de menjars, de drapets.

S'acostava Nadal. Un Nadal a ple estiu, amb el sol fonent el cervell de la gent.

Però ja hi estaven acostumats. Un Nadal amb neu era només un record llunyà i boirós dels més vells.

—Falten vint-i-cinc dies...

—Falten vint-i-dos dies...

—Falten dinou dies...

L'afany dels grans era transmès centuplicat a la mainada. I Isa no ho entenia.

No ho entenia, sobretot, perquè no s'arribava a explicar com era que gent que estimaven tant aquell Déu que deien nat per morir d'amor, per fer comprendre que tots som germans, com era, doncs, que aquella gent que l'estimaven tant no feien allò que ell havia fet: estimar els altres.

I no ho feien; n'estava ben segur.

A ell, per exemple, qui l'estimava?

Llevat de Philip i de Cap de Panotxa, qui l'estimava? El suportaven, perquè era amic d'algun d'ells. El suportaven com suportaven Pao, perquè els era útil. Però llegia en els seus ulls i comprenia pels seus gestos que no eren desitjats.

—Falten divuit dies...

Per celebrar què? La manca d'amor?

Els nens somiaven amb els ulls oberts. Els dies els semblaven lents, lentíssims; gairebé el doble de llargs.

I un dia van parlar les llances. De cop i volta. Ningú no s'havia adonat de res.

Els carros s'estaven col·locant en cercle quan un home va cridar. Va caure a terra mentre el seu cavall fugia esfereït.

Tot seguit altres homes i dones i infants van caure.

Aleshores els fusells van respondre.

Allò era un infern, un desconcert. Tothom cridava, xisclava, plorava, tots corrien d'ací d'allà sense saber què fer, amb els braços alçats i la cara trasbalsada. I ningú no sabia de qui fugien o contra qui disparaven.

La veu potent, metàl·lica de Pretorius s'elevà per damunt de la cridòria.

Les dones, aferrades als seus fills, s'arrauliren en els carros del centre; els homes s'hi disposaren tot al voltant, formant un cercle extern.

Un altre crit de Pretorius va imposar el silenci. Un silenci ple d'ànsia, de basarda.

Se sentia només el lladruc del xacal alternant amb la riallada descomposta de la hiena. I el crit, a molts, els va fer posar la pell de gallina.

Durant tota la nit el xacal va lladrar. No va callar fins a l'alba.

Però un altre lladruc va respondre al reclam.

—És Pao —va dir Isa adreçant-se a Pretorius.

Estava esgotat. Tota la nit havia cridat el reclam del petit poble.

—Gràcies —va dir Pretorius—. Ets un gran xicot.

Isa no va respondre.

—Quan serà aquí el cap dels boiximans?

—Ja és aquí.

En efecte, poc després Pao i Cap de Panotxa se'ls van apropar.

—Què ha passat? —preguntà Paul.

—Ahir al vespre ens van atacar.

—Qui?

—No ho sabem. Tot va passar de cop i volta... Vosaltres no heu vist res?

—No.

—Si no sabem amb qui lluitàvem ni quants eren, no ens podrem moure. I aquest no és bon lloc per defensar-se.

—Ara sabré què volen —digué Pao.

—No! —cridà Paul—. Deixa'm-hi anar a mi. És la meva gent qui està en perill.

—Les fletxes són més silencioses que la teva llarga canya i els passos del petit home són més lleugers que els de les teves sabates ferrades. Vine, Isa —va dir Pao.

Van tornar al cap d'un parell d'hores.

—Els ocells criden i salten per les branques, i els simis grinyolen tranquils.

—Ningú?... —exclamà Paul meravellat.

—Ningú. Només el seu rastre.

—Quants eren? —preguntà Pretorius.

—Pocs. No més de vint —respongué Isa.

—Per què han atacat, doncs?

—Segurament per atemorir-nos —murmurà Pretorius capficat—. Ens n'hem d'anar de seguida.

La llarga columna va reprendre la marxa.

—Swazi —deia Isa a Cap de Panotxa—. Eren swazi. Les seves llances ho diuen.

Ells dos tancaven la marxa del grup.

Pao se n'havia anat.

—Tornaran i seran molts —havia dit—, i entre ells hi haurà els Panteres Roges. El meu poble ho ha de saber.

Al davant, amb l'avantguarda, marxava Hoomai. Pao no l'havia volgut amb ell.

—Aneu amb els ulls ben oberts. Els guerrers del Gran Rei seran aquí ben aviat. Isa és al darrere. Crida el reclam, si cal.

Hoomai havia obeït de mala gana. No volia que el seu cap recorregués el camí tot sol.

Van caminar tota la nit sense concedir-se treva. Pretorius volia posar molt de camí entre el seu grup i els adversaris.

Quan el sol va començar-se a amagar entre els arbres es van aturar. Estaven disposant en cercle els carros quan el lladruc del xacal va ressonar, sinistre, per la petita clariana.

El crit es va repetir tres vegades, sempre precedit pel fimbrament de la serp.

Pretorius es va acostar al grupet on hi havia Isa i Hoomai.

—És Simmú —digué Hoomai després d'haver escoltat atentament el reclam—. Un dels homes que baten el camí.

—Segueix els guerrers del Gran Rei —precisà Isa a Pretorius.

Hoomai es va allunyar silenciosament.

—Què passa? —li preguntà Paul quan van haver tornat.

—Els guerrers del Gran Rei són molts.

—Quants?

—Tants com llagostes en un camp de blat de moro. Les seves atzagaies, llançades totes juntes, enfosquirien el sol.

—Quants? —va repetir Paul.

—Simmú ha vist més de vint signes diferents damunt els grans escuts. I els seus companys si fa no fa.

—Què són els signes? —preguntà Pretorius.

—Els distintius dels diversos batallons zulu —explicà Paul—. Pel que diuen, dedueixo que ens trobem contra una quarantena de batallons, poc més o menys.

—On són?

—A un dia de nosaltres —respongué Hoomai—. I vénen cap aquí.

—Com ho saps?

—Ho sé —fou la resposta del boiximà.

—El podem creure? —preguntà Pretorius.

—Sí —va respondre Paul—. Les seves notícies sempre han resultat certes.

—Tenim un dia de coll —va dir Pretorius, amoïnat. Una profunda arruga li solcava el front.

—Els guerrers del Gran Rei marxen també de nit —advertí Isa.

—El perill és greu.

—Dóna'm uns quants homes, Pretorius —exclamà Paul—. Miraré d'entretenir els diables negres.

—Fóra un sacrifici inútil. Hem de restar tots junts. Aviseu el cap que d'aquí a una hora partim.

Sota el neguit d'un atac improvís, van reprendre la marxa.

Les dones, dalt dels carros, resaven en veu baixa. Els homes guardaven silenci.

Només els fuets espetegaven cruelment sobre els bous per apressar-los. Tothom tenia els nervis a flor de pell, a punt de percebre qualsevol remor.

Tres dies i tres nits van avançar sense aturar-se.

—Hem de guanyar els turons! —Pretorius els assenyalava, encara llunyans, emboirats de blau—. Només allà ens podrem defensar.

No hi va haver temps per cercar l'aigua. I la set va començar a turmentar els homes i els animals.

Molts bous no van resistir l'enorme fatiga i van desplomar-se sota el jou.

Però la caravana continuava endavant.

Una sola parada fou feta al costat d'un petit curs d'aigua.

S'hi van llançar bevent-hi a grans glopades. Després, altre cop avant.

Durant quatre dies van fugir dels guerrers del Gran Rei. Al cinquè dia, el ritme ja ràpid de la marxa va ser encara accelerat.

Una cinquantena entre homes i dones van caure exhausts al llarg del camí.

Algun ja no es va tornar a aixecar. I el seu cos, aviat escomès pels voltors, va quedar assenyalant la direcció seguida pel grup.

No es podien deturar per enterrar-lo.

Algun altre havia estat col·locat, pels seus parents que no tenien ni força per plorar, dalt d'un carro.

Però Pretorius va donar l'ordre d'abandonar-lo.

El perill d'una epidèmia els amenaçava.

A la matinada del setè dia de fuga les llances van tornar a parlar. I eren molt més nombroses que la primera vegada.

—Vés, Pretorius! —cridà Paul—. Porta la gent als turons. Ens hi afegirem aviat.

Un centenar d'homes es van unir a Paul. Hoomai i Isa eren al seu costat.

Així, mentre el gros de la caravana s'allunyava, els homes es van apostar entre les roques, els troncs, els matolls de l'escarpat coster.

Els zulu eren allà mateix.

Lliscaven silenciosament sobre el terreny, mentre cercaven de situar-se en posicions favorables a l'atac.

—Cérvols Blancs —digué Hoomai.

—I Panteres Roges —afegí Isa indicant un guerrer que corria cap a un matoll.

Una fletxa de Hoomai va estroncar la seva cursa.

Un udol, i més de vint guerrers es van precipitar endavant. Els fusells van parlar; ni un sol tret no va fallar, i després ningú no es va moure.

Durant mitja hora més, es van sentir tan sols, llunyans, els crits dels ocells.

De sobte, en un moment determinat, Paul i els seus companys van veure comparèixer els zulu al seu davant.

La batalla va esclatar violenta, però no va durar més de vint minuts. Els negres es van retirar.

Molts d'ells havien quedat estesos a terra. Però no pocs blancs havien pagat també el seu tribut.

—Endavant! —va manar Hoomai—. Els hem d'empènyer enrere, molt enrere, si volem que els nostres amics puguin allunyar-se tranquils.

Durant tot el dia els van seguir i diverses vegades van haver de retrocedir davant els seus atacs violents. Només quan van veure que el seu nombre anava augmentant cada vegada més, van tornar enrere.

L'endemà van aconseguir els carros.

Pretorius, quan els va veure, es va adonar de com havia costat d'entretenir els guerrers del Gran Rei.

Tenia al davant només vint homes, inclosos Isa i Hoomai. Més de vuitanta havien pagat amb la vida un dia de marxa de la caravana cap als turons.

—D'aquí a nou dies, Nadal! —murmurà Philip—. Però em sembla que no serà pas un bon Nadal.

—Serà un bon Nadal, encara que hi hagi la gran caça —respongué Isa—. Mentre estiguem junts, cada dia és un bon dia!

Tanmateix van haver de separar-se.

Els carros estaven aturats en un escanyat congost. Pretorius n'havia fet baixar tothom i estava parlant amb els més vells.

Poc després Philip va haver de seguir les dones i els altres minyons. Un centenar d'homes els escortaven passant per dalt els turons, mentre els carros eren disposats en quadre.

Un minso rierol cantussejava humilment entre les roques.

—Aquí —digué Pretorius als homes, cosa d'uns cinc-cents,

quan se li van haver aplegat a l'entorn– aquí aturarem l'escomesa dels zulu. Si passen d'aquí, serà la fi de les nostres dones i dels nostres fills.

–No passaran! –cridaren tots.

Isa es va acostar a Paul.

–Cap de Panotxa –va dir–, ha arribat el moment.

–Sí! –somrigué l'home.

Hoomai mirava, immòbil, davant seu. Recolzat en un carro, esperava.

–Més tard potser coneixerem el Gran Pare –digué Isa.

–Potser –repetí Paul.

–Si hi anem, caçarem sempre junts a les seves selves. Em voldràs amb tu?

–Si hi anem, estarem sempre junts.

–Sóc feliç; encara que potser haig de morir.

–El fill del cor de Pao –interrompé Hoomai–, no sent res?

Isa va escoltar.

–Sí –digué després–. Una gran cridòria.

–El meu poble ha trobat els Panteres Roges, sents?

–Sí.

Clar, transparent, se sentia el crit de batalla dels boiximans.

Després, un udol terrible, salvatge, el va cobrir per complet.

Les hordes zulu atacaven el quadre dels blancs.

Pretorius a penes havia arribat a temps. N'hi hauria hagut prou amb mitja hora de retard perquè també les dones s'haguessin trobat enmig de la batalla.

Rengleres de zulu avançaven per totes bandes, seguint una tàctica precisa.

No hi havia necessitat d'apuntar, per encertar el blanc. N'hi havia prou de tirar; tirar sobre els guerrers del Gran Rei que avançaven udolant.

—No són Panteres Roges —digué Hoomai.

—No —confirmà Isa després d'haver escrutat bé els guerrers que avançaven—. No en veig.

—El petit poble està sadollant les seves fletxes —i Hoomai somrigué.

Les atzagaies xiulaven en l'aire; les fileres enemigues es feien cada vegada més nombroses. Dingaan llançava un batalló darrere l'altre, reservant·se un atac amb totes les forces plegades per a quan als blancs se'ls comencessin a acabar les municions.

—El kraal dels Nyus —deia Isa.

—I el dels Búfals —afegí Hoomai.

Somreia satisfet, mentre mirava els que tenia més a prop.

—Aquests són els Lleons... i els Cobres... i els Gaseles...

—Mira els Pitons...

Els guerrers del Gran Rei avançaven encara més.

El terreny era cobert pels cossos dels seus companys caiguts. Però no els importava. Havien d'arribar fins als carros.

—No podrem aguantar gaire —digué el vell George arrossegant·se fins a Paul—. Molt aviat se'ns tiraran a sobre tots de cop i no tindrem ni temps de recarregar les armes.

—Ja —grunyí Paul—; però tenim coltells i espases.

—Sí! Cinc·cents contra deu mil! Uf!... se'm posa la pell de gallina només de pensar·hi.

De cop sobte els negres es van aturar.

—Ja hi som —digué George—. Es preparen per caure'ns a sobre tots junts.

Efectivament, un udol va ressonar i els batallons van començar a avançar en posició d'atac.

Aleshores Pretorius va donar una ordre que va deixar tothom esbalaït.

—A cavall! —cridà—. A cavall! Els més vells que es quedin prop dels carros i continuïn el foc; els altres, que vinguin amb mi!

Prop de quatre-cents genets el van seguir.

Van obrir una bretxa entre els carros i els audaços es van llançar contra les hosts zulu.

Aquests, davant la inesperada càrrega, van abandonar.

Els cavallers semblaven centaures invencibles.

Entretant els homes que s'havien quedat als carros disparaven a tort i a dret.

Els canons dels fusells estaven roents. Cremaven les mans. Els zulu queien a dotzenes.

Després, un crit ferotge es va enlairar a les espatlles dels homes de Dingaan i les fletxes dels boiximans van parlar. Quant va durar l'enorme carnisseria, ningú després no ho va saber dir.

El minso curs d'aigua havia esdevingut un riu de sang.

Les hordes zulu, delmades i aterrides, es van retirar cap a la selva i van desaparèixer.

Dingaan, el Gran Rei, havia estat derrotat per un grapat d'homes audaços i per les fletxes del petit poble.

XVI

Isa es va abraçar a Pao, content de veure'l indemne.

—Els Panteres Roges ja no existeixen, fill meu! —digué el boiximà—. Però Txim·ao i molts altres, tampoc no els veuràs mai més. Ells cacen ara a les selves eternes, on les preses són fàcils i abundants.

—Que la caça els sigui plàcida. Eren valerosos guerrers —murmurà Isa.

Havien agafat el camí dels turons.

Molts ja havien corregut endavant per portar la bona nova als amics i a les dones que es veien, en una massa compacta i multicolor, a dalt l'altiplà on havien acampat en una ansiosa i temorosa espera. De tant en tant arribaven, portats pel vent, els seus crits d'alegria.

I en grups venien cap a ells, desitjosos d'abraçar el pare, l'espòs, el fill.

Pao i la seva gent caminaven darrere els carros.

—Acamparem aquí amb vosaltres —havia dit Pao a Pretorius— fins que els ferits no estiguin bé per reprendre el camí.

—Per què no us quedeu amb nosaltres? —havia proposat Andries—. Podríeu construir el vostre poblat al costat del nostre.

—Per a nosaltres la selva és la vida.

—No sé com donar-te les gràcies a tu, Pao, ni com fer-ho davant els teus homes. El vostre ajut ens ha salvat. Ho recordarem sempre.

—No ens heu d'agrair res. Hem fet el que tothom hauria fet.

—Però nosaltres som un altre poble!

—Un altre poble, sí; però un dia caçarem tots junts a les terres del Gran Pare. Per això sou germans nostres.

—Sigui com sigui, no teníeu el deure de protegir-nos.

—Quan el Gran Pare ens preguntarà: «Per què no has ajudat el teu germà?», no li podrem respondre: «Perquè era blanc, o negre, o groc». I és que el gran Pare no mira la pell, sinó el cor; i tots els cors són iguals.

—Gràcies, Pao.

Ara caminaven en silenci.

Estaven extenuats, però eren feliços. Isa anava al costat de Cap de Panotxa.

—Ara —li va dir Paul— la gran caça s'ha acabat. Des d'avui tornes amb la teva gent. Estaràs amb mi, sempre.

Isa anava a respondre, quan un crit bàrbar, salvatge, va estremir el turó.

—Paul!... Paul!... Paul!...

Cap de Panotxa es va precipitar endavant, seguit dels seus amics. Una dona corria, cridant, bramulant el seu nom.

Escabellada, esparracada, semblava no tocar a terra, de tant com corria.

Els conductors havien aturat els carros; tots la miraven fixament, incapaços de calmar·la, d'ajudar·la. La seva cara era la viva imatge del terror.

—És la mare de Philip! —cridà Isa mentre li corria a l'encontre.

La dona, així que va veure Paul, se li va llançar al damunt estrenyent·lo convulsament; després es va deixar anar a terra, abatuda.

—Paul... Paul... —panteixà. No aconseguia dir res més.

—Calma't. Respira. Seu, seu aquí.

—No, no!... de pressa, de pressa... Sí, sí, tu també; tu, el cafre...

—Què ha passat?

—Philip... l'han agafat... Els diables, sí, ells!

—Calma't —digué Pau—. Explica'm com ha anat.

Però la dona no aconseguia recuperar·se.

A un senyal de Pao, Hoomai i Isa la van immobilitzar i el boiximà li va fer veure una llarga glopada de la seva infusió.

—Dona —digué després—, escolta: nosaltres anirem a buscar el minyó que camina a saltirons. És l'amic del meu fill. El trobarem, encara que hàgim d'escorcollar tots els racons de la selva. Però tu ens has d'ajudar. Els senders són molts, i molts són els guerrers que els recorren. Digues: com era el qui ha raptat el teu fill?

—Jo... jo...

La dona mirava desesmada ara Pao, ara Cap de Panotxa, ara Pretorius, ara els altres que se li havien posat al voltant. Però no aconseguia parlar.

—Pren coratge! —digué Pretorius—. Estem disposats a ajudar·te. Però ens has de dir què ha passat.

—L'hauran mort a hores d'ara! L'hauran mort!

—Si l'haguessin volgut matar ho haurien fet de seguida —la

interrompé Paul–. Escolta, Tina, porta'ns al lloc on l'han raptat. Potser hi descobrirem alguna cosa.

–Sí, sí, tens raó. És allà, dalt el turó... Érem allà amb el seu pare quan ens han saltat al damunt.

–Quants eren?

–No ho sé. M'han estabornit amb alguna cosa. I també el meu marit. Cridaven com dimonis. Quan he tornat en mi ja no hi eren. Ni tampoc Philip. Només el meu marit era encara al meu costat. Mort... Tu me'l trobaràs, el meu Philip, oi? Tu l'estimaves, eh que sí?

–El trobaré –va dir Paul.

El pare de Philip era a terra traspassat per dotze atzagaiades.

–Swazi –murmurà Isa després d'haver observat les ferides–. Swazi...

–Gossos infidels! –rugí Paul.

–És la teva gent, cafre! –etzibà George.

Isa va acalar el cap. Tot a l'entorn la gent murmurava. I l'assenyalaven a ell, com si en fos el culpable.

–Molts homes –va dir Pao a Isa.

–Sí, han estat molts els qui han ataçat el meu amic.

En la seva veu hi havia un deix profund de dolor.

–A cada poble, dintre cada poblat –digué Pao comprenent el seu turment–, hi ha l'home bo i l'home dolent. També entre els swazi. Trobarem els dolents. Vine.

Tombant-se cap a Hoomai, manà:

–Crida els homes aptes del teu grup. Batrem els camins. Han injuriat el meu fill!

–Gràcies, Pao –digué Cap de Panotxa–. Comptava amb la teva valuosa ajuda. Qui ve? –cridà tombant-se cap als seus companys.

Un centenar de genets es van fer endavant.

–George! –digué Pretorius–. Acampeu en una d'aquestes

valls. Si d'aquí a sis dies no hem tornat, continueu encara endavant fins a trobar un lloc idoni per a construir·hi el nou poblat.

—De vosaltres —va dir després adreçant·se als genets—, els qui tinguin família que tornin enrere. Els altres, endavant!

Les traces són clares —digué Pao a Pretorius—. Mira les empremtes d'Isa. Ha passat per aquí a la matinada.

Pretorius estava ple d'admiració envers aquells petits homes que llegien en els troncs, en els matolls, en la molsa, com en un llibre. Feia dos dies que seguien els raptors de Philip; i ni una sola vegada no havien hagut de desfer el camí: els boiximans no erraven la pista.

Isa i Paul s'havien avançat. Volien acostar·se sols al grup dels raptors per alliberar el seu amic, si els era possible, abans que els swazi s'adonessin de la presència dels seus companys.

—Mi·te'ls —xiuxiuejà Isa.

—On? —demanà Paul.

—Allà, a la clariana.

—Veus Philip?

—No.

S'hi van apropar amb cautela.

Una quarantena de guerrers seien, silenciosos, formant cercle.

—Som a prop del poblat —murmurà Isa—; per què es deuen haver aturat?

—Els reconeixes?

—Sí. Gairebé tots són companys meus de jocs. Però no comprenc per què s'han aturat.

—També hi ha Mései?

—No el veig.

—Hauria jurat que el rapte era cosa seva.

—I ho és. Ningú més no tindria interès a agafar Philip.

—Sabia que era el teu amic?

Isa no va poder respondre.

Una atzagaia es va clavar, fimbradissa, a un pam del seu cap.

Es va tombar tot d'una.

A una dotzena de passes d'ell hi havia un guerrer.

A l'acte Isa va enfilar una fletxa i va tirar. L'home va caure fent un crit.

—Fuig, Cap de Panotxa!

—Que ets boig? No et deixaré pas!

—Et dic que fugis. És un parany. Avisa els altres. El poblat és allà a baix. Pao ho sap. Ràpid!

Els guerrers acudien, cridant.

Paul tot just havia tingut temps de desaparèixer entre els matolls, que un dels guerrers va cridar:

—L'«orzowei»!

Una fletxa li va tallar el crit a la meitat.

Els altres es dispersaren; cinc vegades Isa va tirar i per cinc vegades va caure un home.

El cercle, però, s'anava estrenyent.

Isa encara va tirar; però els altres, vociferant, se li van llançar al damunt.

Es va defensar amb les dents, amb els punys, a puntades de peu; però finalment es va trobar lligat, apallissat i ple de sang.

—L'«orzowei» ha tornat! —exclamà un.

—I l'escorta d'honor l'acompanya —es burlà un segon.

El van empènyer endavant.

Així, entremig dels guerrers que udolaven de joia i entre els crits d'escarni i els insults, tornà a entrar al poblat.

Va ser dut fins a l'arbre sagrat.

Al costat del colossal baobab havia estat plantada una

estaca. Una enorme testa de pitó hi havia estat matusserament esculpida al capdamunt. Fermat a l'estaca hi havia Philip. Isa va ser lligat esquena contra esquena amb el seu amic.

—Ei, tu! —digué.

—Oh, Isa! Què ens faran?

—Res, no t'amoïnis. Com estàs?

—Tenint-te al costat no tinc por.

—Bé. Recorda que ets un guerrer. I un guerrer no es queixa.

—I la meva mare?

—T'espera. Cap de Panotxa i Pao són aquí.

Philip es va sentir alleujat.

Les dones i les criatures se'ls havien acostat i els escarnien. Els guerrers s'havien assegut en cercle.

—Què fan?

—Esperen.

En un moment determinat tothom va fer silenci i la turba es va moure obrint un ample pas.

Mései avançava.

Sobre el seu cap onejaven les plomes d'estruç subjectades per un ample cèrcol d'or. El signe del poder. Mései era el cap.

Es va aturar davant Isa.

—Ara no hi ha el cos d'un pitó entre nosaltres —li digué— i l'«orzowei» ha tornat al poblat. M'equivoco, o li vaig dir que si ho feia era home mort?

Isa no va respondre. Ni tan sols el mirava.

—Els meus homes t'han agafat mentre recorries el nostre camí. Per què venies...? Que potser s'ha quedat mut, l'«orzowei», que no respon? O és que té tanta por que no pot ni parlar?... Has lluitat amb els guerrers blancs contra Dingaan, oi que sí?... Ho saps, que això és una traïció?... Oh, però no em recordava que ets un pobre «orzowei» sense tribu ni honor. Qui et podria acusar de traïció?... Caldria saber primer de qui ets fill. D'on véns, tu, fet i fet?

Isa tenia la vista fixa davant seu, per damunt de les plomes de Mései.

—Respon: per què has vingut?

Un guerrer es va aixecar i va apuntar l'atzagaia contra el seu pit.

—Respon al gran cap! —li manà.

Per tota resposta Isa va escopir als peus de Mései.

La punta de la llança li va penetrar en un costat.

No va fer ni un ai. Només va somriure, amb menyspreu.

Un murmuri d'aprovació es va sentir entre els guerrers. Mései va comprendre que era millor no continuar. Hauria obtingut l'efecte contrari.

—Alto! —cridà—. No l'hem de matar ara. Abans hem de parlar amb el noi blanc. Burxa'l amb la teva llança i pregunta-li per què la seva gent volen la terra bantu.

L'home, amb una mitja rialla, es va tombar cap a Philip.

Isa va sentir com el seu amic reprimia amb un esforç el crit de dolor que li venia als llavis.

—Prou, Mései! —cridà—. Deixa lliure el blanc i jo parlaré.

—Què has de dir?...

—Deixa lliure el xicot blanc.

—Ell és el meu presoner, com tu. Durant massa temps he hagut de reprimir el desig de venjança. Massa temps perquè ara m'acontenti amb poca cosa. Matar-te no seria res. Abans t'haig de veure consumit pel dolor. I només hi ha un mitjà: el teu amic. M'entens, oi? T'adones d'on vull arribar, eh? Doncs sí. Em serviré d'ell per destrossar-te el cor, abans que la llança te l'aturi per sempre. El meu pare va ser mort per culpa teva pel gran cap. Per culpa teva jo vaig retardar la meva prova.

L'esperit del meu pare demana venjança. Si haguessis tingut una família l'hauria destruïda. Però tu ets un «orzowei»! Com fer-te sofrir? Has trobat un amic. Un coix... No saps amb quanta alegria t'he vist ensenyar-li a tirar amb l'arc. Doncs bé: primer ell i després tu. Després que el teu cor hagi sagnat de dolor.

—Un dia et vaig salvar la vida. Deixa anar al xicot en record d'aquell dia.

—No. La venjança no seria completa i l'esperit del meu pare vagaria malcontent per sempre més.

—On és el teu honor, Mései? On és la llei?

—La llei sóc jo, i el nom de Mései ho és tot! Sou els meus presoners, i tu ja saps que els presoners em pertanyen.

—És el Consell que decideix.

—El Consell ja ha decidit!

Isa va observar els homes que tenia al voltant. Els va mirar als ulls un per un. No volia parlar. Sabia que hauria estat considerat un miserable si hagués implorat misericòrdia. Però havia de salvar el seu amic.

—He viscut amb vosaltres; us conec a tots —digué a poc a poc—. I vosaltres, tots em coneixeu a mi, l'«orzowei». Heu de saber que la meva mà no tremola i que el meu cor no coneix la por. Sapigueu també que estava orgullós de dir-me swazi. I encara n'estaria, si entre els Antílops de la Selva no hi hagués xacals venuts al Gran Rei. Però a vosaltres, guerrers, jo us pregunto: És just matar un noi? És just matar qui no us ha fet res? I, sobretot, és just matar? Un noi coix és com una dona. Seríeu capaços de matar una dona? Jo sóc aquí; sé que a molts de vosaltres us alegra veure'm estacat. Doncs bé, aquí em teniu. Però deixeu anar el noi coix.

Va esperar. Però ningú no va respondre a la seva crida.

—I si jo, a canvi de la seva vida, us donava la certesa de salvar la vostra, acceptaríeu el pacte?

—Per què? —preguntà un vell aixecant-se—. Qui ens amenaça?

—Deixeu anar el noi i jo parlaré.

—La teva llengua diu coses que no són. És una mentida.

—Ho veureu aviat, si ho és o no!

—Sabem que hi ha els teus amics per aquí a prop —digué Mései—, però fem bona guàrdia. No ens fan pas por.

Isa no va dir res més.

Havia fet tot el que li havia estat possible per salvar el seu amic; ara tocava a Cap de Panotxa.

La pega era que Mései ho sabia; i si coneixia exactament les forces dels seus companys, no calia esperar-ne res.

Les dones es van aixecar. Es van situar al voltant de l'estaca i van iniciar la dansa de la flor escapçada.

Quan les dones acabarien, prendrien el seu lloc els guerrers, i aleshores seria la fi.

—Philip —murmurà Isa—, creus que a les selves del Gran Pare es poden usar les crosses?

—Per què m'ho demanes?

—Mira, no ho sé.

—No hi seran necessàries, em sembla.

—Per què?

—Perquè al Paradís hi va l'ànima, i l'ànima no és coixa.

—N'estàs segur?

—El pare Agustí ho deia així.

—El pare Agustí?

—Sí, el sacerdot.

—Estic content, doncs. Caçarem plegats.

Les dones es van allunyar.

Grups d'homes amb llances, escuts i atzagaies seguien un cap que, caminant a recules, xiulava un himne bèl·lic amb una mena de flauteta i percudia dos tamborins que duia penjats a la cintura. Giraren lentament al voltant de l'estaca. De mica en mica la música es va transformar en crits, les armes es van començar a agitar i els guerrers van fer uns salts prodigiosos mentre simulaven l'aguait, l'assalt a l'odiat enemic, el cos furiós.

La dansa de la mort estava arribant al paroxisme. Ben aviat hauria acabat per als dos minyons. Però un udol la va interrompre.

El rugit de la fera malferida que es llança a l'atac va ofegar qualsevol altra remor.

Tots es van tombar cap a Mései.

L'udol es va repetir i un home es va aproximar corrents al cap.

—Els blancs avancen cap al poblat! —manifestà.

—On són?

—Al roquissar.

—Ràpid —manà Mései—. Mungoi, guia el teu grup. Has d'aturar-los. I tu, Carantum, encercla'ls pel cantó de la gran soca.

Va rumiar una mica i després va dir:

—El grup de Hangunei, que es traslladi als darreres del poblat; vosaltres, amb mi.

—I els presoners?

—Ja hi pensarem després. Vosaltres —digué adreçant-se a una dotzena de guerrers— vigileu-los de prop.

Es va allunyar, seguit del seu escamot. Els altres grups ja havien desaparegut, silenciosament, selva endins.

—Què passa, Isa? —preguntà Philip.

—Cap de Panotxa ha arribat. Ara sentiràs el seu fusell.

—Guanyaran?

—No ho sé. Mései és un gran guerrer. I coneix molt bé aquests topants.

—Pao també hi és?

—Sí, Pao també hi és.

—Aleshores guanyaran!

—Pot ser.

Va passar una llarga estona sense que se sentís el més petit soroll. Semblava que la selva estigués deshabitada.

—Què esperen? Per què Paul no ataca? —preguntà Philip.

—Cap de Panotxa encara no ha vist els seus enemics. Vet aquí per què. I quan els veurà, serà massa tard.

Es va aixecar un udol poderós, terrible, de la banda del roquissar. Els swazi atacaven.

L'udol va ser contestat per una descàrrega de fuselleria, i una altra, i encara una altra.

Però el crit de guerra dels Antílops de la Selva ressonava cada cop més fort.

Hi va haver pauses, i després el foc va reprendre més dens, però llunyà.

—Reculen —va murmurar Isa.

La cridòria va anar esdevenint confusa, llunyana.

Un nou udol de batalla, i un segon grup de swazi va atacar els blancs. Al mateix moment es va sentir el crit dels homes de Pretorius llançant-se contra l'horda al galop.

Els blancs recuperaven terreny. La batalla s'acostava al poblat.

Després, alguna cosa devia passar, perquè Isa va sentir un nou udol dels swazi i els trets es van allunyar més enllà del roquissar. Mései els devia haver encerclat. El foc era violent, continu. Durant més d'una hora la batalla va continuar, ara desplaçant-se cap al poblat, ara cap al roquissar, moviments que indicaven la superioritat momentània dels blancs o dels negres.

Els guerrers que vigilaven els xicots, que primerament havien seguit amb interès els crits de la brega, ara s'havien ajagut tranquil·lament a terra i xerrotejaven del blat de moro, dels vedells, dels búfals.

La riallada descomposta de la hiena va interrompre la seva plàcida conversa.

Isa es va tensar tot, en un esforç per trencar les lianes que el tenien lligat.

Pao atacava el costat esquerre del poblat, que era desproveït de forces.

Isa va respondre al reclam i tot seguit li va fer eco el crit particular de Pao. L'havia sentit.

Un guerrer es va acostar a Isa i li va etzibar un cop de puny.

–Aprèn a tenir la boca tancada, «orzowei»!

Després, amb els altres, es va llançar cap al lloc per on els boiximans avançaven.

Fins el grup de Hangunei va córrer cap a ells per aturar-los. Però els boiximans sorgien com per art d'encantament de cada replec del terreny i anaven avançant.

Un swazi s'allunyava corrents en la direcció oposada. Les fletxes dels petits homes van intentar deturar-lo, però ell bé mereixia el títol d'«àgil gasela»: en un moment va desaparèixer en direcció als companys que lluitaven contra els blancs.

Poc després, Mései, amb el gros dels seus homes, es llançava udolant contra els boiximans.

Però Cap de Panotxa no avançava; al contrari, el foc de la fuselleria s'havia intensificat, com si s'estigués produint una gran batalla.

Mései havia deixat una vintena de guerrers amb la missió d'entretenir els blancs enganyant-los sobre el nombre dels adversaris que tenien al davant.

L'engany reeixia. Els blancs no es movien i Pao, davant el nombre creixent d'adversaris, es veia obligat a retrocedir.

Però Cap de Panotxa va salvar la situació.

Quan va veure que els swazi, tan nombrosos segons ell

creia, no contraatacaven, va muntar a cavall i, seguit dels seus homes, es va llançar a la càrrega.

L'udol inesperat va arribar a Mései i li va fer comprendre que la situació s'anava capgirant. Aviat seria ell qui es trobaria envoltat i no podria mantenir a ratlla els blancs i els boiximans al mateix temps. Per això va donar l'ordre de retirar-se. Va deixar un grup nombrós perquè entretingués Pao i n'invità un altre a fer front als blancs.

Es refugiaria a la selva i allà faria resistència. S'emportaria amb ell els presoners i al moment oportú els sacrificaria a l'esperit del seu pare. Quan passava davant d'ells els va fer deslligar i traslladar darrere seu.

Estava a punt d'endinsar-se entre els matolls, amb el grup més nombrós dels seus guerrers, quan una descàrrega de fuselleria el va aturar.

Els blancs li barraven el pas.

—Voleu-los el cap! —cridà una veu—. Que no en passi ni un!

La veu era la de Pretorius, que havia tingut la idea de bloquejar amb pocs homes els punts estratègics que dominaven el poblat.

—Hem d'obrir una bretxa costi el que costi! —manà Mései.

—Tenim els presoners —digué un vell Ring-kop.

—Tens raó —Mései somrigué sarcàsticament—. Crida, doncs, també els altres. Tothom a l'arbre sagrat!

Isa i Philip van ser traslladats fins al peu del colossal baobab. Tot el poblat s'hi va congregar.

La batalla havia cessat.

—Qui comanda els blancs? —cridà aleshores un swazi destacant-se del grup.

Paul va avançar. Va aparèixer al límit de la clariana. Darrere d'ell anaven una cinquantena de genets a punt de disparar.

Pel cantó oposat, va sortir Pretorius amb el seu grup. Pao era ja a prop de les cabanyes del poblat.

—Doncs bé —digué el guerrer—, el meu cap ha decidit: salvarà el noi que saltirona, a condició que us retireu.

—Ha de deixar anar també Isa —respongué Cap de Panotxa.

El guerrer es va tombar a Mései. Aquest es va fer endavant.

—Els guerrers blancs han vingut a fer la guerra al nostre poblat per alliberar el xicot a qui li falta una cama. Si ells prometen d'anar-se'n sense donar batalla, nosaltres alliberarem el xicot.

—Volem també Isa —repetí Cap de Panotxa.

—Ell —somrigué Mései— és del nostre poblat. Per què us el voleu endur?

—Poca broma, Mései. Deixa anar el xicot i nosaltres ens n'anirem.

—Deixaré anar només el noi coix. L'«orzowei», no.

—Acepta el pacte, Cap de Panotxa —cridà Isa—. Accepta, allibera Philip!

—T'ho torno a dir, Mései. Deixa anar els dos nois, o carregarem.

—Un sol moviment, home blanc, i les atzagaies traspassaran els teus amics.

—Mései —digué un Ring-kop que se li havia acostat—. Alliberem els presoners. No podem resistir un nou atac. Tu mateix has vist que estàvem a punt de ser vençuts.

—Ningú no ha demanat el teu parer, vell.

—Podem salvar el poblat.

—Jo no vull perdre la meva presa.

—I nosaltres no volem que els nostres tuculs siguin destruïts —exclamà un altre guerrer—. Què ens importa a nosaltres, que l'«orzowei» visqui o mori?

—Us revolteu contra el vostre cap? —digué Mései en to amenaçador.

—No és cap revolta. Només volem ser escoltats. Hi tenim dret.

La pesant llança de Mései va penetrar sencera en el pit de l'home que havia parlat el darrer.

—Aquesta serà la fi de tots aquells qui no respectin les meves ordres —cridà adreçant·se als altres.

Els guerrers van assentir.

—I bé, què has decidit, Mései? —preguntà Paul.

—Has canviat d'opinió, tu?

—No.

—Les nostres atzagaies faran una mortaldat en els teus amics.

—Mira al voltant, gran cap —digué Pao assenyalant els arbres propers—. Sobre cada branca hi ha un guerrer a punt de disparar. Altres guerrers són a punt d'incendiar les teves cabanyes. I els homes blancs us trinxaran sota les ferradures dels seus cavalls. Ni un sol home no sortirà viu d'aquesta batalla. Pensa·t'hi.

Els swazi murmuraven.

Coneixien bé el petit poble. I havien après a conèixer també el plom dels fusells.

Mései va comprendre que els seus homes no el seguirien en una acció desesperada.

Aleshores va fer jugar l'astúcia.

—Bé —digué a Paul—, deixaré els presoners amb dues condicions: que vosaltres us allunyeu mil passes i que l'«orzowei» es bati en duel amb mi.

—Qui ens assegura que complireu el pacte? —demanà Pretorius.

—Pots quedar·te tu mateix —respongué Mései—, amb alguns dels teus homes.

—Per què Isa ha de combatre amb tu? —demanà Paul.

—Entre l'«orzowei» i jo hi ha un antic fet de sang. Si tu estimes tant el teu amic que arrisques la vida per alliberar- lo, per què dubtes que ell sigui capaç de batre's?

—Accepta el pacte, Cap de Panotxa —cridà Isa.

—Però tu estàs ferit!

—No hi fa res. Accepta, o els swazi ens prendran per uns covards.

—Així, doncs, d'acord? —digué Mései.

—D'acord.

—Torneu enrere, darrere els grans arbres.

—Però són més de mil passes!

—Darrere els grans arbres, he dit!

Els genets es van allunyar. Van romandre Pretorius i Paul amb deu homes, i Pao i Hoomai.

—Deslligueu els presoners —manà Mései.

Somreia satisfet. La seva venjança s'acompliria.

Havia maquinat un pla perfecte. Els blancs havien caigut en l'enganyifa. I amb ells, també els seus propis guerrers.

Els swazi van fer un gran cercle. Philip fou mantingut, entre dos homes, al costat del baobab.

Pretorius i els seus companys eren al límit de la clariana.

Quan els guerrers, enviats a veure si les condicions imposades havien estat respectades, van tornar, Mései va donar una atzagaia a Isa i li va restituir el coltell.

—Endavant, «orzowei», és la nostra hora.

Es van allunyar l'un de l'altre l'espai necessari per a llançar-se l'atzagaia, i es van atacar. Les dues llances van xiular a frec dels seus cossos; però no havien encara tocat a terra que ja els dos homes s'havien abraonat l'un contra l'altre.

La topada va ser violenta. Tots dos eren grans guerrers.

Saltaven ràpidament d'un costat a l'altre, esquivant els cops i cercant de donar-ne.

De tant en tant un cos es ratllava de vermell, però no per això la lluita perdia vigor i violència; al contrari!...

Mései s'apropava cada vegada més a l'arbre sagrat, mentre Isa l'acuitava amb braó.

Quan va ser a pocs passos de l'arbre, Mései amb una estocada improvisa va ferir Isa a la cara. El gran cop va fer tentinejar el xicot.

Però el negre no se li va tirar al damunt. Retrocedint sense donar l'esquena a l'adversari, es va acostar a Philip. Isa es va adonar de la seva intenció.

Tot d'una va veure ben clar quin era el projecte de Mései. Matar Philip, i després a ell. Els blancs dispararien i tota la tribu es llançaria contra ells. I els altres eren massa lluny per arribar-hi a temps i quan arribarien trobarien els negres, enardits per la victòria, disposats a matar-los a ells.

El pla era astuciós. Mései no s'havia pogut imposar a la tribu, però havia fet per manera que la tribu actués, per la força de les circumstàncies, com ell volia.

Isa es va llançar endavant. D'un bot se'n va anar a agafar Mései i l'arrossegà en la caiguda.

La llança adversària li va penetrar en un maluc. Amb un gemec es va abatre a terra. Mései anava a ferir-lo novament, quan una fletxa d'Isa el va aturar.

Tentinejà, gesticulà en el buit; i caigué, rient encara de satisfacció.

Els swazi van saltar endavant, cridant ferotgement.

La descàrrega de fuselleria es va encreuar amb les seves atzagaies. La batalla renaixia de sobte, violenta, i ja els negres començaven a dominar quan el crit dels genets llançats a galop tirat els va fer fugir a la desbandada. Van cercar refugi a les cabanyes, però els blancs els empaitaven pertot arreu.

Lluita dura, salvatge, desesperada.

Pao, que havia arribat on era Isa, es va reclinar sobre ell. La ferida no era massa greu. El xicot n'havia tingudes de pitjors.

—Ràpid, Hoomai. Les herbes.

Philip era allà al costat. Es mirava Isa i plorava.

Mentrestant, la batalla s'enfuriava terriblement. Cap de Panotxa comandava els homes. Es pensava que Isa era mort i la set de venjança esborrava en ell tota mena de pietat.

Isa va obrir els ulls mentre Pao encara l'estava curant.

—I Philip? —preguntà.

—Sóc aquí—. El xicot estava tan emocionat que no aconseguia parlar.

—Dóna'm la mà.

La hi va estrènyer.

—Gràcies, Pao —murmurà Isa—. Per segona vegada et dec la vida.

—Me la tornaràs a oferir, si vols —somrigué el boiximà—, però ara estigues tranquil.

—I Cap de Panotxa?

—Està lluitant.

—Encara?... Però que no és mort, Mései?

—Mései és mort, però la lluita continua igualment.

—Per què? —preguntà Isa aixecant-se—. Per què? Han alliberat Philip; el qui els manava és mort; per què combatre encara?

—Els homes blancs tenen set de venjança. Lluiten per tu, per venjar-te.

—Per mi?...

—Sí, per tu. Ets un dels seus, Isa. I no toleren que un dels seus hagi mort. Ells et creuen mort.

Isa va observar els combatents.

Els swazi es defensaven desesperadament del furor bestial dels blancs.

No perdonaven ningú. Les dones, amb els fills fortament agafats en braços, cridaven impotents dintre les cabanyes.

Un blanc va encendre una torxa i el primer tucul va cremar.

En van sortir unes dones enfollides, però els genets les van tombar. I, amb elles, els infants.

—Atura'ls, Pao. Atura'ls! —bramà Isa.

—Qui pot aturar els homes quan són empesos per l'odi? Cap força no n'és capaç, Isa.

Però Isa ja no el sentia. D'una correguda, es va situar al bell mig de la confusió. El van ferir; va caure; es tornà a aixecar. I va cridar.

Quan els combatents el van veure allà, sagnant, mirant al cel, amb els braços alçats, es van aturar.

—Prou! —exclamà l'«orzowei»—. Prou! Per què continuar encara?

El plor li va tallar les paraules.

Volia cridar; volia dir a tothom el que sentia dintre seu. Però no podia.

—Compreneu-vos! —cridà en un sanglot—. Compreneu-vos!

I va caure de bocons a terra.

Ningú no es va moure. Només Paul es va reclinar sobre ell.

—Abaixeu les armes —manà Pretorius als seus homes—. El xicot té raó. El qui guiava l'horda per satisfer la seva pròpia venjança, és mort. Deixem estar els altres. Ells no tenen culpa.

—Així és —digué Pao.

Dret, la seva silueta destacant nítidament sobre el foc que cremava les cabanyes al seu darrere, Pao semblava aixecar-se de terra.

Feia a tots la mateixa impressió que havia fet a Isa quan,

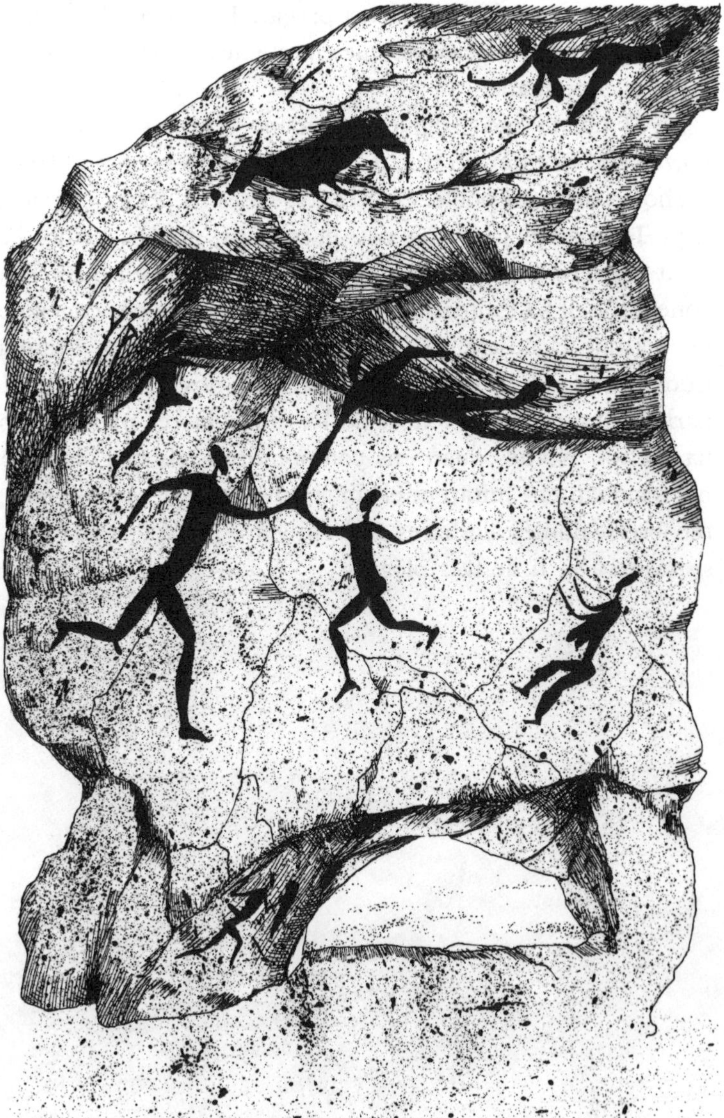

per primera vegada, l'havia vist pregar. També ara les flames i el fum causaven la sensació que ell estigués suspès en l'aire, alt, altíssim, dominant.

—El noi té raó —digué lentament—. Ha estat anomenat «orzowei», és a dir, un trobat. Potser és un swazi, o un blanc, o un home del petit poble. O totes tres coses. O potser cap de les tres. Tanmateix jo ho he vist: boiximans, negres, blancs han estat capaços d'estimar-lo i de sacrificar-se per ell quan l'han conegut. I ell ha estimat tothom. Vet aquí: quan ens coneixem, encara que la nostra pell sigui d'un altre color, ens estimem. Compreneu-vos, ha dit. Sí, comprenguem-nos. El Gran Pare ha parlat a través d'ell. El xicot no ha sabut dir res més. Però ho ha dit tot. Només quan ens comprendrem els uns als altres, només quan ens mirarem el cor, i no el color de la pell que el recobreix, només aleshores podrem viure junts, feliços. Si no... si no, serà la fi de tots plegats.

XVII

Al peu dels verds turons un nou poblat havia sorgit. Un poblat de pedra: l'embrió d'una nova ciutat.

Un matí, a punta d'alba, tres homes hi van arribar. De cop i volta un jovencell els va barrar el pas. Els donava l'esquena; però el més jove dels tres va cridar un nom:

—Philip!

—Isa!

Es van estrènyer tots en una afectuosa abraçada.

—És aquesta! —els va dir després assenyalant una caseta tota blanca.

—La nostra casa... —murmurà Isa. I s'estrenyé als dos homes que tenia al costat.

—Sí, la nostra casa! —repetí Cap de Panotxa.

—No veus res? —digué el tercer home a Isa.

—Res, Pao.

—Mira bé: a la porta hi ha dues ombres.

—Sí, és veritat.

—Els reconeixes?

—Sí. Són Amebais i el vell Ring-kop.

—I saps per què han vingut?

—Sí, ho sé. Perquè també ells viuran amb nosaltres, per sempre.

—Entrem-hi, doncs. La nostra casa és petita, però...

—... els seus habitants són uns grans homes! —afegí somrient Paul.

I van entrar tots junts, agafats de la mà, a la gran cabanya de pedra, temple del seu amor.

Alberto Manzi (Roma, 1924)

Durant la Segona Guerra Mundial fa de mariner en un submarí de l'exèrcit italià feixista, es passa al bàndol aliat i acaba la guerra en un dels Cossos Italians d'Alliberament. El 1954 se'n va a Amèrica del Sud per fundar-hi un diari per a joves i per estudiar l'ambient geogràfic i social dels indis jívaros de l'Amazònia. Més tard es dedica a combatre l'analfabetisme a Itàlia, sobretot amb el cicle de programes televisius *Non è mai troppo tardi*, pel qual va rebre un premi internacional de televisió a Tòquio. L'any 1967 va fer un viatge a l'Equador per participar en l'experiència de la creació de cooperatives agrícoles.

Alberto Manzi és conegut, sobretot, gràcies a la sèrie televisiva *Orzowei*, basada en la novel·la del mateix títol, que fou premi «Firenze» el 1954 i premi «H.C. Andersen» el 1956. Els seus llibres han estat traduïts a molts idiomes, compresos l'afrikaans, l'eslovè, el neerlandès, el serbocroat, el rus i el japonès.

Obres d'Alberto Manzi publicades a La Galera:

«El Loco». Història d'una revolta
Orzowei

Títols de la col·lecció

A partir de 12 anys (sèrie blava)

3. Un cavall contra Roma
Josep Vallverdú
6. Un any fora de casa
M. Àngels Bogunyà
15. Històries horribles... però no tant!
Christian Poslaniec
23. El fill de la pluja d'or
Josep Vallverdú
29. Tres xacals a la ciutat
Josep Vallverdú
35. I un dia serà demà
Anna Vilar
37. Bernat i els bandolers
Josep Vallverdú
42. Orzowei
Alberto Manzi
43. Les aventures de Tom Sawyer
Mark Twain
44. Un català a la Manigua
Oriol Vergés
47. Els astronautes del «Mussol»
Sebastià Sorribas
49. La ciutat sense muralles
Oriol Vergés
54. Un tercer trimestre turbulent
Gene Kemp
58. Tu i jo, de què ens coneixem?
Joan Andreu Vallvé
59. Les presoneres de Tabriz
Maria Novell
62. Allò que conta el vent del desert
Pere Morey
65. Joanot de Rocacorba
Teresa Duran
70. Els inventors de fantasmes
Josep Vallverdú
82. L'illa dels Dofins Blaus
Scott O'Dell
83. L'únic rebel
Pierre Pelot
87. L'alcalde Ferrovell
Josep Vallverdú
88. Ulls de gat mesquer
Joan Barceló i Cullerès
89. Asperú, joglar embruixat
Mercè Canela Garayoa
94. La Ruta Prohibida
M. Àngels Bogunyà
96. En Mir, l'«Esquirol»
Josep Vallverdú
100. Dídac, Berta i la màquina de lligar boira
Emili Teixidor
106. El noi i les ones
Milo J. Krmpotic
108. Entre el cel i la terra
Ponç Pons
109. Xerra que xerra a Torretorta
Antoni Garcia Llorca
110. Ulldevellut
Josep-Francesc Delgado i Hermínia Mas
113. Buc
Antoni Arca
125. El jugador de frontó
Aro Sáinz de la Maza
131. Bono d'Iknusa
Antoni Arca
135. L'anticlub
Àngel Burgas
144. La mort entra al parc
Joan Armengué
148. A carn, a carn!
Núria Pradas
149. L'escola secreta de madame Dudu
Rosa M. Colom
151. Quin parell!
Jaume Cela
153. Set de llops
Jordi de Manuel i Barrabín
164. A compàs dels versos
Joana Raspall